Die Baumwollfarmerin

Maryanne Becker, Jahrgang 1952, ist in Belgien geboren und aufgewachsen. Seit vielen Jahren lebt sie in Berlin, wo sie Soziologie, Geschichte und Politikwissenschaften studiert hat. Sie schreibt Romane, Sachbücher und Kurzkrimis:

www.maryanne-becker.de

Maryanne Becker

Die Baumwollfarmerin

Die Deutsche Nationalbibliothek verzeichnet diese Publikation in der Deutschen Nationalbibliografie; detaillierte bibliografische Daten sind im Internet über http://dnb.dnb.de abrufbar.

Mit dem Roman »Die Baumwollfarmerin« liegt ein weiterer Teil der Rosenzweig-Saga vor Ihnen. Hier erzählt Perla Rosenzweig, die 1860 geborene Großtante von Lea Rose, Tochter der Flickschneiderin und ihres verstorbenen Geliebten, Leo Rosenzweig, ihre Lebensgeschichte.
Zum besseren Verständnis fremdsprachiger und veralteter Ausdrücke finden Sie im Anhang ein Glossar.

© 2017 Maryanne Becker
Layout und Satz: Heinz W. Pahlke, Berlin
Coverfoto: Pixabay/privat
Coverdesign: Matthias Gerschwitz, Berlin
Lektorat: Anke Höhl-Kayser, Wuppertal
Herstellung und Verlag: BoD - Books on Demand, Norderstedt
ISBN: 9783744840613

»Fortmachen, wir müssen fortmachen«, brabbelte Großvater auf seinem dreibeinigen Schemel neben dem Ofen.
Seit Jahren war von der Notwendigkeit die Rede, endlich
hier fortzumachen, und in letzter Zeit legte Großvater
mehr Nachdruck auf seine Worte, indem er mit dem Fuß
auf den lehmigen Boden unserer Hütte stampfte.

»Du musst hier fortmachen, sobald die Kleinen aus
dem Gröbsten raus sind«, waren Mutters letzte Worte
gewesen, bevor sie im dreizehnten Kindbett ihr von Arbeit
und Schwangerschaften geschwächtes Leben aushauchte.
Außer mir hatten zwei Brüder das Kleinkindalter überlebt
und ich war froh, nicht noch mehr Kletten mitschleppen
und unnütze Esser ernähren zu müssen.

Ebenso wie die anderen Bewohner unseres kleinen Wei-
lers, der ob seiner Bedeutungslosigkeit die Bezeichnung
nicht verdiente, war Vater ein mittelloser Handwerker, dessen Aufträge und Einkünfte vom Wohlergehen der anderen
Dörfler abhingen. Als Mutter noch lebte, gab es Bier und
Schnaps am Sonntag, seit ihrem Dahinscheiden aßen wir
sonntags Kartoffeln.

Fortmachen, fortmachen, das war mein Ziel von klein
auf gewesen. Hin und wieder suchten feine Herren unseren Ort auf und ich setzte alles daran, von einem von
ihnen entdeckt zu werden. In die weite Welt hinaus wollte
ich. Als feine Dame eines feinen Herrn. Die hübschesten

und kräftigsten Mädchen aus dem Ort wurden auserwählt, um – wie es hieß – in der Ferne ein besseres Leben zu beginnen. Die Wehklagen der verlassenen Mütter bezeichneten die Zurückgebliebenen als Käseschmus, sinnloses Gerede.

Kurz vor Herbstbeginn war der Viehhändler, der neben allerlei Waren auch eine kleine Auswahl an Stoffen und Schneiderbedarf feilbot, ins Dorf gekommen war. Bald darauf erschienen einige städtisch gekleidete Herren, die die Mädchen im heiratsfähigen Alter in Augenschein nahmen. Es war jedes Jahr das gleiche Spiel. Niemand hätte sagen können, ob einer der Herren in der Vergangenheit schon einmal im Ort auf Brautschau gewesen war, denn in unseren Augen sahen sie alle gleich aus.

Großvaters gebetsmühlenartige Beschwörungen hatten mein ganzes Denken und Trachten in Beschlag genommen. Gerade fünfzehn, war ich entschlossen, mich Ende dieses Sommers finden zu lassen und fortzumachen.

Ich putzte mich heraus, kämmte mein hüftlanges, schwarzes Haar, bis es glänzte, rieb mein Gesicht mit Ringelblumensalbe ein, damit die Haut weich und geschmeidig schimmerte wie Samt. Rebekka, meine Cousine, die mit ihren neunzehn Jahren bereits als alte Jungfer galt, war meine einzige Vertraute. Ein Segen sei es, munkelten die Klatschweiber, dass sich bisher kein Herr für Rebekka interessiert hatte, denn trotz ihres körperlichen Makels versorgte sie ihre kleinen Geschwister. Und sie war die Einzige, die niemals vom Fortmachen sprach.

Die Schabbeskerzen waren gerade erloschen, als wir ein heftiges Pochen an der Tür vernahmen. Vater wies mich an, nachzusehen, wer Einlass begehrte, während sich meine Brüder ängstlich unter den Tisch duckten.

»Du bist also das Fräulein Perla«, sagte der Fremde, ohne einen Gruß an mich zu richten, wie es sich gehört hätte. Ich spürte eine Hitze in meinem Kopf aufsteigen und fürchtete, dass rote Flecken im Gesicht all meine Bemühungen, schön zu sein, zunichtemachen würden. Rasch nickte ich, senkte den Blick und fragte flüsternd, was der Herr wünsche.

»Bring mich zu deinem Vater«, forderte er und zwinkerte mich dabei an, dass ich vor Scham am liebsten unsichtbar geworden wäre.

Vater hieß mich, die Jungen zu Bett zu bringen und sie mit dem Lied, das unsere Mametschi selig in guten Zeiten gesungen hatte, in den Schlaf zu wiegen. Eine düstere Ahnung von Abschied legte sich über mein Gemüt, und ich verfluchte meine Sehnsucht nach der Ferne.

»Meine Tochter, deine Zeit ist gekommen. Du wirst nun gehen, dorthin, wo ein besseres Leben dich erwartet. Zvi wird dich zur Frau nehmen, und du wirst ihn lieben, ehren und ihm bis zum Ende deiner Tage folgen. Du wirst deinem Mann gehorchen, so wie du bisher mir gehorcht hast. Leb wohl, mein Kind.«

Der Fremde nahm meine Hand, sah mir in die Augen und sagte: »Du wirst mich glücklich machen«. Ich lächelte gequält und wünschte, er hätte versprochen, mich glücklich zu machen. Ich würde mich bemühen, auf dass sein Glück auf mich herabfiele!

Die Droschke wartete am Ende des Weges. Staub setzte sich im Saum meiner Feiertagskleidung fest, als ich, mein

Bündel in der Hand, an Zvis Seite nach draußen ging. Ich ließ mein bisheriges Leben und alles, was mir teuer war, hinter mir. Rebekka trat aus dem Haus, winkte mir zu und rief: »Vergiss uns nicht und auf Wiedersehen in der Neuen Welt!«

Nach einigen Stunden Fahrt durch die Nacht gelangten wir zu einem Gasthaus, wo wir nach einer kargen Mahlzeit und einem Krug Bier unser Lager aufschlugen. Zvi erinnerte mich an Vaters Worte und verlangte, dass ich mit ihm die Bettstatt teile. Meinem Einwand, dass wir erst unter den Baldachin treten sollten, um uns nicht zu versündigen, begegnete er mit der Begründung, er müsse vorher prüfen, ob ich wirklich die ehrbare Jungfer sei, als die ich ihm angepriesen worden war. Die *Prüfung* war schmerzhaft und von kurzer Dauer. Ich bemühte mich, zu erfassen, was geschehen war, aber Zvis Schnarchen gepaart mit dem Stimmengewirr aus dem Schankraum lähmte meine Gedanken und betäubte meinen Schmerz. Ich fiel in einen tiefen Schlaf, aus dem mich im Morgengrauen Zvis erneute *Prüfung* in die Wirklichkeit katapultierte.

»Fasse deine Kleidung, die Droschke wartet.« Zvi reichte mir einen Becher Wasser und ein Fladenbrot, das ich hastig verschlang, während ich mich unter seinen gierigen Blicken ankleidete.

»Beeile dich, unser Schiff läuft heute Nachmittag aus, und in Odessa wartet der Rabbi darauf, uns zu trauen.«

Es war eine schmuddelige Gasse am Rande Odessas, nicht weit weg vom Hafen, wo der Rabbi uns bereits ungeduldig erwartete. Er warf Zvi den weißen Hochzeitskaftan zu und gebot uns anschließend, unter den Baldachin zu treten. Die Zeremonie begann; ich schloss die Augen, dachte an Mametschi, die mich Hoffnung und Geduld gelehrt hatte, während der Singsang des Rabbis von einer Wattewand in meinen Ohren aufgesogen wurde und mein Herz nicht zu erreichen vermochte. Mir schien, als seien keine fünf Minuten vergangen, bis Zvi die Heiratsurkunde in Empfang nahm.

Die Passagiere dritter Klasse wurden als Letzte an Bord gelassen. Mein Traum, von der Reling aus den Zurückbleibenden am Kai zuzuwinken, zerplatzte Stück für Stück mit jeder Stufe, die wir weiter hinab in den dunklen Rumpf des Schiffes stiegen. Zvi hatte mir eingeschärft, mich von den Mitreisenden möglichst fernzuhalten und nicht über unsere Pläne zu sprechen. Man müsse sich hüten vor Neidern und Schurken. Doppelstöckige Pritschen boten ein Lager für die Nächte, tagsüber hockten wir Frauen auf den splittrigen Dielen, wo menschliche Ausdünstungen die Luft zum Atmen abschnürten und jammernde Weiber mit schreienden Kindern beinahe den Lärm der Motoren übertönten. Für die Dauer der Reise war ich von Zvi, der im Männersaal reiste, getrennt. Ich verschloss meine Sinne und gab mich meinen Träumen hin, meiner Liebe zu Zvi, der mich bald nach unserer Ankunft glücklich machen und mit dem ich den Überfluss der neuen Heimat genießen würde.

Unzählige Tage verstrichen, bis wir endlich in Südamerika von Bord gingen. Obwohl schwarze Wolken und prasselnder Regen die Sicht auf den Hafen trübten, fühlte ich mich nach den Wochen unter Deck geblendet. Am Leuchtturm auf dem Hügel blieb mein Blick haften.

Erfüllt von dem Gedanken, wieder mit Zvi beisammen zu sein und meinen Traum Wirklichkeit werden zu lassen, lief ich freudig auf ihn zu, als ich ihn endlich im Gewimmel am Hafen entdeckt hatte. Er sah mich missmutig an und schob mich unwirsch zur Seite.

»Wir sind in Montevideo«, antwortete er auf meine Frage, ob wir am Ziel seien.

»Deinetwegen hatte sich die Abreise verzögert und die Passage nach Rio war ausgebucht. Wir müssen hierbleiben und arbeiten, bis wir weiterreisen können.«

Zvi sah grimmig drein und ich war bereit, alles zu tun, um seine Laune zu bessern, auch für die Weiterreise zu arbeiten.

Unsere Habseligkeiten unter dem Arm, machten wir uns auf den Weg in die Altstadt. Meine Füße wollten mir kaum gehorchen, mir war, als hätte ich an Bord das Laufen verlernt. Völlig durchnässt gelangten wir zu einer Spelunke, die, wie ich nun erfuhr, für die nächste Zeit mein Zuhause sein sollte. Unzüchtig gekleidete, Zigarren rauchende Frauen hockten am Tresen, riefen Zvi in fremder Sprache etwas zu und schnalzten unanständig mit der Zunge. Zvi schüttelte den Kopf und wandte sich mir zu. »Hier wirst du arbeiten. Die Mädchen werden dich einweisen. Wenn du fleißig bist, können wir bald weiterreisen und unser Heim in Brasilien einrichten.« Ich schluckte, blickte Zvi verständnislos an und fühlte mich unendlich müde.

Ich war untergebracht in einer Kammer im ersten Stock des Etablissements. Ein Überwurf aus rotem Samt bedeckte die Wäsche des Bettes, an dessen Kopfseite ein Spiegel fast die ganze Wand einnahm. Unter dem Schemel hinter der Tür befand sich eine riesige Tasse, die offenbar als Nachttopf diente. Auf einem Tisch am Fenster stand eine mit Goldrand verzierte und mit Wasser gefüllte Schüssel. Durch die blinden Scheiben vermochte kein Sonnenstrahl einzudringen.

Zvi bestand die erste Nacht in Montevideo auf der Erfüllung meiner ehelichen Pflichten und tat kund, dass er in den nächsten Wochen auswärtigen Geschäften nachgehen müsse. »Carmen wird sich um dich kümmern, gehorche ihr und gib dein Bestes, damit wir bald unser neues Leben beginnen können.«

»Wir geben den Männern ihre Freude«, erklärte Carmen meine künftige Aufgabe. »Du bist eine verheiratete Frau, du weißt, was ich damit meine«, ergänzte sie und fixierte mich abschätzig: »Nichts dran an dir, aber es gibt Kerle, die finden Gefallen an kleinen Mädchen.«

»Nein, das erlaubt Zvi nicht. Ich habe ihm Treue geschworen.«

Carmen grinste und tippte den Finger an die Stirn. »Vertrau mir«, beschwor sie mich. In meinen Ohren klang es genauso wie Zvis Formel: »Vertrau mir, rede nicht mit anderen; die Weiber sind falsch und neidisch.« In meinem Kopf türmten sich Fragen, die ich nicht zu stellen wagte, ja nicht einmal zu formulieren in der Lage war. »Aber ..., wie ..., was ist, wenn ich schwanger werde?«, stammelte ich.

»Das wird nicht geschehen, du Dummchen.« Carmen fasste mich an der Schulter, zwang mich, ihr in die Augen zu sehen, und sagte: »Jetzt verrate ich dir ein kleines

Geheimnis, und wehe, jemand erfährt davon, wehe, einer deiner Kunden merkt etwas, wehe!«

Ich schlug die Augen nieder und versicherte, dieses Geheimnis zu wahren.

»Huren bekommen keine Kinder«, erklärte sie und offenbarte die Tricks ihres Gewerbes.

Bald zeigte sich, dass Carmens Einschätzung zutraf: Der Neuzugang hatte sich rasch herumgesprochen und die Freier waren erpicht, mich, das Mädchen, zu ergattern, bevor es verbraucht war. Feine Herren kamen ebenso wie verschwitzte und versoffene Kerle, die ihren kümmerlichen Lohn für einige Minuten vermeintlichen Glücks auszugeben bereit waren. Rasch hatte ich meine Lektion gelernt, keiner der Männer bemerkte meine Kniffe, keiner fühlte sich betrogen. Jedes Mal, wenn ein Schiff einlief, ergoss sich eine Kaskade liebeshungriger Emigranten und Seeleute über die Altstadt. Tage- und nächtelang verharrten wir in der Horizontalen, um die auf See aufgestaute Sinneslust der Ankömmlinge zu befriedigen.

Um meinen Traum zu verwirklichen und mit Zvi ein neues Leben in Brasilien beginnen zu können, redete ich mir ein, das Ganze sei ein Spiel. Freiwillig und vorübergehend. Dass meine Seele verwaiste, spürte ich in jenen Tagen nicht.

Zvi kam und ging. »Bald ist es soweit, noch einige Hundert Pesos …«, versprach er immer wieder und malte unser neues Zuhause in Rio Grande in den schillerndsten Farben aus.

»Los, ankleiden«, befahl Zvi eines Tages und warf einen Haufen damenhafter Kleidung aufs Bett. »Beeile dich, wir brechen auf!« Ungläubig sah ich ihn an. Nach fast sieben Jahren, in denen ich so oft gefürchtet hatte, in der widerlichen Kaschemme mein gesamtes Dasein fristen zu müssen, ging es endlich weiter, meinem Traumland entgegen.

An einem der kältesten Tage des Jahres 1882 erreichten wir unsere neue Heimat in Brasilien. In São Leopoldo, einer kürzlich entstandenen Ansiedlung, hatte Zvi Land erworben und im Zentrum ein Steinhaus errichtet. Voller Vorfreude lauschte ich unterwegs seinen begeisterten Schilderungen.

Ninho de Amor, Liebesnest, prangte ein roter Schriftzug über der Eingangstür und in den Fensterchen standen rote Laternen. Entsetzt sah ich Zvi an. »Keine Abgaben mehr, keine drittklassigen Weiber«, grinste er und klatschte in die Hände. »Und ich?«, wagte ich zu fragen.

»Du wirst dich um den Laden kümmern, die Pferdchen im Griff halten, kassieren, und besonderen Gästen besondere Dienste anbieten.«

Es waren jüdische Mädchen aus Polen, Bessarabien und der Ukraine, die unter falschen Versprechungen nach Südamerika gelockt worden waren sowie ein paar Mulattinnen. Sie hatte Zvi aus den Dörfern im Norden angeschleppt. »Sieh zu, dass die Weiber sauber und gesund sind und willig ihre Arbeit machen.«

Trotz meiner abgrundtiefen Enttäuschung war ich dankbar, dass Zvi sich um das Befinden seiner Mädchen sorgte, weil ich wusste, dass es ansteckende Krankheiten gab, die den Ruf des Bordells und seines Besitzers zerstören konnten. Ich wies die Mädchen in ihre Tätigkeit ein, verriet ihnen die geheimen Techniken zur Verhütung von Schwangerschaften und Geschlechtskrankheiten. Ich beschwor sie, mir bedingungslos zu vertrauen und persönliche Distanz gegenüber den Freiern zu wahren.

Das *Ninho de Amor* erfreute sich rasch einer stetig wachsenden Nachfrage: Deutsche Handwerker und Bauern, die in der Region siedelten, englische Gentlemen, die den Eisenbahnbau überwachten und, am Zahltag, die aus aller Herren Länder stammenden Bauarbeiter beanspruchten die Dienste unseres Liebesnests.

Statt der ersehnten Freiheit erwartete mich eine neue, wenn auch komfortablere Gefangenschaft. Zvi lehnte es ab, mein Lager zu teilen: Er stecke seinen Schmock nicht in eine verwelkte Blüte, ließ er mich wissen. Ich schaute ihn an, diesen widerwärtigen glupschäugigen Gnom und sah mein Ziel vor Augen. Ich würde fortmachen, fort in die Freiheit.

Ich begegnete Zvi weiterhin voller Demut, gab vor, zu gehorchen und blieb scheinbar das dumme Ding, das er sich einst gefügig gemacht hatte. Ich begann, heimlich einen Teil der Einnahmen abzuzweigen und versteckte diese Ersparnisse unter den Bodendielen. Die Europäer hatten einen Narren an mir gefressen, sie machten mir Komplimente wegen meines jugendlichen Aussehens, obwohl ich schon über dreißig Jahre alt war. Meine olivfarbene Haut war noch glatt, Bauch und Beine waren straff und mein pechschwarzes Haar glänzte.

Vorsichtig zog ich Erkundigungen bei den Freiern ein. Ein paar Engländer, die zuvor den Bau der Bahnstrecke

Galveston – San Antonio geleitet hatten, erzählten von osteuropäischen Juden, die in den letzten Jahren in Texas eingewandert waren. Diese verheißungsvolle Nachricht zog mich in ihren Bann und ich hoffte, einer der englischen Freier würde sich an Namen und Personen erinnern.

»Es gibt in Galveston den jüdischen Hilfsverein, wo sich die Einwanderer registrieren und bis zur Weiterreise Unterkunft finden«, sagte Ted, ein englischer Ingenieur, mit dem ich eine heimliche Liebesbeziehung unterhielt. Er versprach mir, weitere Erkundigungen für mich einzuziehen. Und er mahnte mich zur Vorsicht, riet mir, den Verstand zu gebrauchen.

Monate vergingen, bis Ted mir die Nachricht aus Galveston überbrachte, dass in den vergangenen Jahren mehrere Personen namens Rosenzweig eingewandert seien. Zur Beantwortung meiner Anfrage wurden jedoch weitere Angaben zu den gesuchten Personen benötigt. Ich verbrachte Tage und Wochen damit, in meiner Erinnerung nach den Vornamen und Geburtsdaten meiner Verwandten zu graben.

Es vergingen fünf lange Jahre des Hoffens und Bangens, bis ich endlich die Gewissheit erhielt, dass einer meiner Brüder in Galveston von Bord gegangen und nach Austin weitergereist war. Man habe ihn von meiner Anfrage unterrichtet, erfuhr ich.

Bevor Ted mit den Eisenbahnern weiterzog, hatte er mir den Kontakt mit einem katholischen Priester der deutschen Gemeinde in São Leopoldo vermittelt, der gegen ein *Jeitinho* – eine Spende – bereit war, als Mittelsmann für mich zu fungieren, Briefe zu empfangen und zu versenden. Gekleidet wie eine katholische Gläubige, traf ich mich mit dem Priester im Anschluss an die Sonntagsmesse in der Sakristei der Kirche. Jedes Mal, bevor er den *Jeitinho* in seiner Soutane verschwinden ließ, schlug er ein Kreuzzeichen über den Scheinen, um sie von der Sünde reinzuwaschen.

»Halte dich bereit, es wird dir jemand seine Aufwartung machen, und deine Habseligkeiten gib in meine Obhut«, sprach der Priester eines Tages zu mir. Kopfschüttelnd legte er den Zeigefinger auf seine Lippen, als ich ihn fragend ansah. Ich fühlte mich elend, litt unter unerträglichen Leibschmerzen und sah mein Ende nahen. Meine Verzweiflung entlud sich bei der Behandlung der Freier mit Sonderwünschen: Mit aller Kraft ließ ich die Peitsche auf sie niedersausen, ließ sie meine Schreie schreien. Ich wollte nur eins: in Freiheit sterben.

Von Woche zu Woche stiegen meine Zweifel an der Glaubwürdigkeit des Pfaffen, der jeden Sonntag schweigend ein Bündel mit meinen kleinen Kostbarkeiten und die obligatorische Spende in Empfang nahm.

An einem kalten Junisonntag schleppte ich mich nach der Messe in die Sakristei und traf dort wider Erwarten einen Fremden an. Ich erschrak, als er mich im vertrauten Jiddisch meiner Heimat ansprach: »Perla, endlich! Rasch zum Seitenausgang, dort wartet meine Kutsche.«

»Samuel?«, fragte ich.

»Ja, ich bin dein Bruder. Wir müssen uns beeilen, morgen läuft unser Schiff aus.«

Samuel legte einen Packen Geldscheine – aus den Augenwinkeln sah ich, dass es sich um amerikanische Dollar handelte – auf den Tisch, nickte dem Pfaffen zu und nahm meine Hand. All das geschah innerhalb weniger Sekunden – was für ein Gegensatz zur Ewigkeit meines jahrzehntelangen Aufenthaltes.

Mit niedergeschlagenen Augen folgte ich meinem Bruder in den Schatten der Kirche, den Spitzenschleier tief ins Gesicht gezogen und bemüht, meine Schritte zu dämpfen. Ja, ich wollte lautlos und unsichtbar verschwinden, fürchtete ich doch, die Mission könnte in letzter Minute scheitern.

»Du bist Rebekka«, sagte Samuel, der bislang nur das Allernötigste gesprochen hatte. Rebekka? Was hatte Samuel vor? Ich sah ihn fragend an.

»Ohne Papiere kommst du nicht aufs Schiff und erst recht nicht in Texas an Land. Rebekka, unsere Cousine, gab mir ihre Dokumente mit.«

»Rebekka? Unsere Rebekka? Sie ist auch in Texas?« Ich hatte keine Ahnung, was in der Zeit meiner Abwesenheit mit meinen Angehörigen geschehen war. Es war beinahe ein Vierteljahrhundert vergangen. Meine Erinnerung war von Tag zu Tag mehr verblasst. Erst seitdem mich die Signale aus Galveston erreicht hatten, hatte sich mein Herz wieder für die Gedanken an meine Familie und mein Heimatdorf geöffnet. Nun sah ich sie vor mir, Rebekka, die mir zum Abschied zurief: »Auf Wiedersehen in der Neuen Welt.«

In der Sicherheit der geschlossenen Kutsche wagte ich, meinen Bruder näher anzuschauen. Er trug ein dunkelblaues, zweireihiges Sakko aus feiner Schurwolle mit dem typisch amerikanischen mittleren Rückenschlitz, dazu eine blaue Seidenkrawatte. Mit dem kleinen schmutzigen Knaben aus meiner Heimat hatte dieser Gentleman nichts mehr gemein.

Meine letzte Seereise lag siebzehn Jahre zurück. Bei jener relativ kurzen Überfahrt von Uruguay nach Südbrasilien hatte ich ebenso wie auf der wochenlangen Überfahrt von Odessa nach Montevideo in der dritten Klasse zwischen schwitzenden, kreischenden und jammernden Weibern und Kindern in Enge und Gestank die Zeit unter Deck zubringen müssen.

Samuel, der es offenbar nicht anders gewohnt war, hatte eine Passage erster Klasse für uns gebucht. Mir wurde eine Einzelkabine mit Waschgelegenheit und Ausblick zugewiesen. Für eine derart luxuriöse Unterbringung konnte mein Reisegeld, das ich mühsam zusammengespart und Woche für Woche zusätzlich zum *Jeitinho* in die Sakristei gebracht hatte, unmöglich gereicht haben.

»Diese Kabine ist sicherlich sehr kostspielig?« Wir saßen zum ersten Mal gemeinsam im Schiffsrestaurant. Für Samuel schien der Fünfuhrtee ein bekanntes Ritual. Mir wäre ein starker Kaffee lieber gewesen, doch ich hielt mich zurück und versuchte herauszufinden, was es mit den Kosten für die Passage und vor allem mit dem Bündel Dollar, das Samuel in der Kirche hinterlassen hatte, auf sich hatte.

»Qualität und Komfort haben ihren Preis«, antwortete Samuel.

Das war mir, wenn auch aus ganz anderen Zusammenhängen bestens bekannt. Ich hoffte, dass mein Bruder davon nichts ahnte. Qualität und Komfort, so hatte Zvis Werbespruch gelautet, mit dem er unser *Ninho de Amor* über die Grenzen von Rio Grande do Sul bekannt und begehrt gemacht hatte.

»Du bist noch immer eine schöne Frau, Perla. Ein Wunder, in deinem Alter.« Mein Bruder achtete also auf mein Äußeres! Er konnte nicht ahnen, dass dies mein Kapital war, das ich unter Verzicht auf kleine und große Fluchtmittelchen wie Alkohol, Nikotin und Kokain hegte und pflegte. Mein Kapital, mithilfe dessen ich jahrzehntelang auf diesen Tag hingearbeitet hatte. Ich hatte in meine Freiheit investiert, ohne zu ahnen, wie sie sich gestalten würde.

»Ach Samuel, ich bin doch in den besten Jahren«, sagte ich lächelnd. Dass ich als Vierzigjährige immer noch attraktiv war, hatten mir meine Freier bis zum Schluss bestätigt.

»Kein Grund, vorlaut zu sein«, antwortete er mit strenger Miene. Ich schwieg und überlegte, was ihn derart erbost haben könnte. In der Freiheit herrschten andere Regeln als die mir bekannten, und ob sie freiheitlich waren, würde sich noch zeigen.

»Ich bin dir sehr dankbar«, setzte ich an. Ich brach mitten im Satz ab. Was wusste Samuel über mich? Über meine Tätigkeit? War ich für ihn eine Hure oder nur die unglückliche Ehefrau eines Taugenichts?

»Dankbarkeit ist fehl am Platz, du bist meine Schwester.«

»Die Auslagen werde ich dir erstatten …« Ich wusste, dass meine Augen in diesem Moment einen flehenden Ausdruck angenommen hatten, aber ich musste seinem Blick standhalten. Samuel lachte auf, als mache er sich über mich lustig.

»Erzähl mir von Amerika«, bat ich. »Ich werde arbeiten und Geld verdienen.«

»Was willst du denn machen? Was kannst du denn?« In meinen Ohren klangen seine Worte zweifelnd; so, als spräche ein Vater zu seinem kleinen Kind.

»Ich spreche Spanisch und Portugiesisch. Russisch werde ich in Texas wohl kaum brauchen. Und wie du siehst, habe ich das Jiddische auch nicht verlernt.«

»Englisch!« Mit polternder Stimme unterbrach Samuel meinen Redefluss. Dieser Mann war mir so fremd, dabei war ich doch seine ältere Schwester.

»Ja, natürlich Englisch …«, versuchte ich, ihn zu besänftigen und fasste meinen ganzen Mut zusammen. »Seit wann bist du in Amerika, was ist mit Arik?«

Das Restaurant leerte sich zusehends. Samuel erhob sich und bedeutete mir, ebenfalls aufzustehen. »Wir sollten uns nun für das Dinner herrichten, in deiner Kabine findest du einen Koffer mit der entsprechenden Garderobe. Ich gehe davon aus, dass Rebekkas Kleidung dir zusagt. Und noch etwas: Ab sofort kein Wort mehr über deine Vergangenheit! Streiche dieses zweifelhafte Etablissement und deinen Tunichtgut von ehemaligem Gatten aus deiner Biografie.«

Würde ich jemals erfahren, was genau Samuel über meine Vergangenheit wusste? Ein zweifelhaftes Etablissement war doch kein Bordell? Jedenfalls sollte das, was mein ganzes Sein ausmachte, von nun an wie ausradiert sein. Mein Geheimnis! Meine Vergangenheit war tabu, eine Gegenwart spürte ich noch nicht und die Zukunft lag ungewiss vor mir. Meine Freiheit würde ich mir erst noch erobern müssen. Also schwieg ich.

Samuel schien zufrieden und begann, von seiner Auswanderung und seinem neuen Leben in Texas zu erzählen. Er und unser Bruder Arik hatten in Vaters Werkstatt das Schneidern erlernt, so, wie unser Vater seinerzeit in Großvaters Werkstatt in diesem Handwerk unterwiesen worden war. Die politische Situation in Russland hatte sich Ende der 1880er Jahre mit der Forderung, alle Juden zu vertreiben, zugespitzt. Bevor sich unser Vater zum Sterben niederlegte, überreichte er seinen Söhnen ein für unsere Verhältnisse ansehnliches Vermögen, das er trotz seines Suffs im Lauf der Jahre angesammelt und in den Saum eines Strohsacks eingenäht hatte. »Macht fort! Zieht ins Land, wo Milch und Honig fließen, doch schwört mir bei der Seele eurer Mamme, dass ihr Perla suchen und finden werdet. In der Not darf niemand allein gelassen werden.«

Mit seinen letzten Worten hatte Vater seine Söhne in die Welt entlassen und ihnen eine schwere Bürde auferlegt. Arik und Samuel waren drei und vier Jahre alt, als ich fortmachte, zu jung, um sich ihrer entschwundenen Schwester zu erinnern.

Samuel schien nicht beglückt, dass er Vaters Weisung erfüllt hatte. Im Gegenteil, sein Verhalten ließ darauf schließen, dass ich ihm mit meinem Hilferuf eine weitere Last aufgebürdet hatte. Ich war nicht diejenige, die unser Vater ihm zu finden aufgetragen hatte. Und doch zwangen die Blutsbande alle Bedenken in den Hintergrund.

Rebekkas elegante, hochgeschlossene Kleider mit den hübschen Biesen und Fältchen und den winzigen Perlmuttknöpfen hingen trotz des edlen Materials wie Säcke an mir herab. Luftige, bunte Kleidchen, die die Vorzüge meines Körpers betonten, hatte ich bislang getragen. Beim Dinner ging ich in der durchaus übersichtlichen Schar farbloser Damen unter. In einem solchen Aufzug wäre ich in São Leopoldo nicht einmal zur Beerdigung gegangen.

Samuels Verbot, über meine Vergangenheit zu reden, verschloss meine Lippen, Erinnerungen an meine erste Überseereise nahmen mein Denken in Beschlag. Auch Zvi hatte mich damals angewiesen, jeglichen Kontakt mit Mitreisenden zu vermeiden.

In Ermangelung geeigneter Gesprächsthemen beschloss ich nun, meine berufsbedingte Schauspielkunst zu nutzen und die Unnahbare zu mimen. Erstaunt stellte ich fest, dass mich keiner der anderen Passagiere wahrnahm. Die attraktivste Hure von Rio Grande del Sul war unsichtbar geworden.

Als wir das Schiff am frühen Nachmittag im April 1900 im Hafen von Galveston verließen, empfand ich Erleichterung und Neugierde. Anders als Montevideo und São Leopoldo, strahlte diese amerikanische Hafenstadt Sauberkeit und eine gewisse Ordnung aus. Damen in hellen Kleidern mit weißen Seidenschirmchen flanierten an den

Auslagen entlang, dunkel gekleidete Herren mit ledernen Aktentaschen bewegten sich geschäftig durch die Straßen. Hier boten fliegende Händler ihre Waren feil und Schuhputzer warteten auf Kundschaft. Schwarze Hafenarbeiter luden in Kisten gepackte Güter aus dem Schiffsbauch und schafften sie in eine riesige Halle. Ich fragte mich, ob die Menschen in ihrer Emsigkeit die Abläufe, die so aufeinander abgestimmt erschienen, vorher hatten erlernen müssen, oder ob hinter den Kulissen jemand den Takt angab.

Ein vertrautes Bild schob sich in meine Erinnerung: Zu Hause – in Gedanken war Rio Grande do Sul mein Zuhause –, herrschte in den Häfen ein buntes Treiben, die Menschen schnatterten, sangen, schrien, liefen durcheinander, versperrten mit ihren Bündeln den Weg und niemand kümmerte sich um die Hinterlassenschaften der Lasttiere. Überall in den Gassen standen palavernde Männer, Frauen, Weiße, Schwarze und Mulatten in Gruppen zusammen, saßen stillende Mütter mit ihren Babys.

»Beeil dich, träum nicht«, kommandierte Samuel und dirigierte mich unwirsch zu einer am Straßenrand wartenden Droschke, die uns zur Eisenbahnstation bringen sollte. Vor uns lagen noch gute zweihundertzwanzig Meilen bis Austin, wo sich Samuels Familie niedergelassen hatte. Endlich bot sich mir die Möglichkeit, die von meinem englischen Geliebten und Helfer Ted gepriesene Eisenbahn zu benutzen.

Stunden über Stunden zogen die texanischen Weiten an mir vorüber, Abwechslung boten lediglich die riesigen Rinderherden, die bewacht von Kuhhirten mit großen Hunden, auf holzumzäunten Weiden grasten. Kurz bevor wir

Austin erreichten – die Augen waren mir zwischendurch immer wieder zugefallen – zeigte sich die Natur von einer freundlicheren, grünen und hügeligen Seite. Samuels Wortkargheit ängstigte mich. Ich war neugierig, was mich in Austin erwartete. Noch wusste ich nicht, was aus Arik geworden war. Die anderen Fahrgäste im Coupé machten hin und wieder leise Bemerkungen, nickten einander höflich zu und sahen gelangweilt aus dem Fenster. Als ich zum Reden ansetzte, unterbrach mich Samuel: »Die Herrschaften möchten ihre Ruhe haben.« Herrschaften also!

Die Hitze war eine andere als in São Leopoldo, hier im Innern von Texas fehlte die frische Meeresbrise. Wenn ich wenigstens einen Fächer gehabt hätte, um mir zu wedeln zu können. Diese schweren, dunklen Stoffe, die meinen Körper vom Hals bis zu den Zehenspitzen verhüllten, nahmen mir die Luft zum Atmen, die stiefelartigen Schuhe ließen meine freiheitsgewohnten Füße einschlafen. Ich hätte gern gewusst, wie die anderen Frauen es schafften, sich in dieser Montur mit damenhafter Leichtigkeit fortzubewegen.

»Hier ist dein neues Zuhause.« In Samuels Stimme lang unverkennbarer Stolz.

Der Kutscher, der uns an der Bahnstation in Austin in Empfang genommen hatte, brachte die Pferde vor einem imposanten Gebäude zum Stehen. Die weißen, horizontalen Bretter, ein doppelflügeliges bleiverglastes Eingangsportal, flankiert von Pfeilern vor einer das ganze Gebäude umlaufenden überdachten Terrasse, Türmchen und Erker und hohen Fenstern – derartige Paläste besaßen selbst die brasilianischen Zuckerbarone in Rio Grande do Sul nicht.

Der schweigsame, strenge Mann neben mir, der in einem anderen Leben mein kleiner Bruder gewesen sein sollte, die weiße Villa und jene stickige Hütte am Ende der Welt, die wir einst unser Heim genannt hatten – die Bilder schoben sich übereinander, zerfielen und fügten sich schließlich zu neuen, farbigen Gebilden zusammen, als betrachte ich Gegenwart und Vergangenheit durch ein Kaleidoskop. Eine Kakofonie wirrer Geräusche drang in meine Ohren. Unfähig, mich zu bewegen, saß ich in der Kutsche und starrte durch die offene Tür ins Leere.

»Los, steig aus! Oder wartest du auf den roten Teppich?« Samuels Stimme bahnte sich den Weg durch meinen Tagtraum in mein Hirn. Vorsichtig setzte ich einen Fuß nach dem anderen auf die Stufen und trat ins Freie, wo ich beinahe in die mannshohe Ligusterhecke gestürzt wäre.

»Perla!« Eine weißhaarige Frau humpelte auf mich zu, schlug die Hände zusammen und rief immer wieder meinen Namen. Das musste Rebekka sein. Warum hatte ihr Haar schon die Farbe verloren?

Regungslos ertrug ich ihre Umarmung, ihr Redeschwall, ein Gemisch aus Jiddisch und Englisch, perlte an mir ab wie von eingeölter Haut. Widerstandslos ließ ich mich von ihr ins Haus ziehen. »Gut siehst du aus in meinen Kleidern«, stellte Rebekka fest. »Wahrscheinlich verstehst du gar kein Englisch?«

»Doch, ein wenig schon, ich bin so müde ...«

Im riesigen, dunkel möblierten Salon standen Tee und Gebäck bereit. Hier erwartete mich Iljana, die Hausherrin. Rebekkas Andeutungen ließen keinen Zweifel, dass Samuels Frau hier das Sagen hatte.

»Willkommen in meinem Haus.«

»Schalom! Vielen Dank, ich werde euch nicht zur Last fallen.«

Iljana, eine kräftige mittelgroße Frau mit ausladenden weiblichen Formen, erinnerte mich an eine ukrainische Bäuerin. Mit ihren breiten, slawischen Gesichtszügen und dem glatten blonden Haar, das sie zu einem Kranz geflochten um den Kopf gewunden trug, hätte ich sie nicht für eine Jüdin gehalten.

»Es gibt genug zu tun hier. Rebekka kann Unterstützung brauchen.« Offensichtlich hatte meine Schwägerin bereits klare Vorstellungen von meinen Aufgaben in diesem Haus. Doch ich wusste, dass ich mich ihrem Kommando nicht unterwerfen würde.

Erst als ein leises Raunen durch den Raum ging, bemerkte ich die Jungen, die sauber und adrett gekleidet rings um ein Tischlein auf kleinen Stühlen im hintersten Winkel des Salons saßen und vorsichtig zu mir herüberlinsten.

»An besonderen Tagen erlaube ich ihnen, mit uns im Salon zu speisen«, erklärte Iljana.

Heute war also ein besonderer Tag! Rebekka sprühte vor Enthusiasmus und aufrichtiger Freude, aber Iljana ließ mich spüren, dass sie Widerspruch gegen Samuels Entscheidung, mich herzuholen, eingelegt hatte. Dieses junge Ding, das das Joch von Armut, Not und Unterdrückung nicht gekannt und die Mühsal der Auswanderung nicht erlebt hatte, maßte sich an, in mir eine billige Arbeitskraft zu sehen. Den bevorstehenden Kampf beschloss ich, mit meinen Mitteln zu gewinnen. Die Zeit der Niederlagen gehörte der Vergangenheit an. Iljana würde ich in ihre Schranken verweisen und Rebekka, die aus mütterlicher Liebe zu Samuel – schließlich war sie es gewesen, die sich nach meiner Abreise um meine kleinen Brüder gekümmert hatte, – Iljanas Anweisungen widerstandslos folgte, würde ich unterstützen, allerdings nicht in der von Iljana geplanten Art und Weise.

»Würdest du mir bitte einen Kaffee zubereiten«, bat ich Iljana. Tee war mir schon immer zuwider gewesen. Iljana bedachte mich mit vielsagendem Blick, und deutete mit dem Kinn in Richtung Rebekka, die sich unverzüglich erhob.

»Nicht doch, Rebekka!« Ich warf ein Lächeln in die Runde, wobei ich beim Anblick Samuels einen schüchternen Lidschlag andeutete. »Rebekka, wir haben einander so viel zu erzählen nach all den Jahren. Iljana wird mir gewiss gern einen Kaffee bringen.«

Rebekka schüttelte energisch den Kopf, als Iljana den Salon verlassen hatte, und flüsterte mir zu: »Führe hier keine neuen Methoden ein! Es ist auch mein Zuhause!«

Provozierte mich Iljanas dominantes Verhalten? Kaum ein paar Minuten in ihrem Haus, nahm ich ihren Fehdehandschuh auf, als wolle ich ihr den Platz streitig machen. Was war nur mit mir los? Hastig trank ich das schale Gebräu, das meine Schwägerin mir als Kaffee präsentierte, und bat, mich zurückziehen zu dürfen. Rebekka führte mich über unzählige Treppen und Flure, gefolgt von dem schwarzen Mädchen, das den Koffer mit meinen Habseligkeiten trug. So ein winziges fensterloses Kabuff wie dieses hätte ich in der prächtigen Villa nicht vermutet. Offensichtlich war mir eine Abstellkammer zugewiesen worden.

Iljanas Worte, die trotz der verschlossenen Tür mein Ohr erreichten, passten zu meiner neuen Bleibe. »Ich dulde sie nicht im Haus, das habe ich dir schon zu Beginn dieser unseligen Geschichte gesagt. Und nun erst recht: Dieses Weib muss verschwinden.«

Samuels Antwort, so er denn überhaupt das Gekreische seiner Frau kommentierte, hörte ich nicht mehr.

Nachdem ich mich an die stickige Luft und die Düsternis in meiner Stube gewöhnt hatte, legte ich mich ins Bett. Hier wurde mir ein bisher unbekannter Luxus zuteil: ein großes, hölzernes Gestell mit hohem Kopfende und, was mich staunen ließ, eine dicke, weiche dreiteilige Matratze, die auf einem Rost aus schmalen Brettern ruhte. Ich drückte und tastete, doch nichts deutete darauf hin, dass sie mit Stroh gefüllt war. Ich schloss die Augen und ließ mich auf weichen Wolken davontragen.

Vater lag auf der mit Fellen und Tüchern bedeckten hölzernen Bettstelle, ein mit Stroh gefülltes Kissen im Nacken. Unter dem Bettkasten lugte die angeschlagene Emaille des Nachttopfes hervor. Arik, Samuel und ich hatten unser Nachtlager auf dem Fußboden des anderen Raums, der als Küche und Schneiderwerkstatt diente, aufgeschlagen. Die scharfen Halme des Strohs stachen uns durch das Leinen in die Haut. Mamme sah aus der Ecke über dem Herd, wo der Topf und das Essgeschirr an einem Nagel hingen, herab. In der Hand hielt sie ein Schaffell; das Schaffell, das seit ihrem Tod auf unserer Matratze fehlte. Ich griff nach dem weichen Fell und fand mich unversehens in der staubigen Gasse wieder. Zvi trieb mich zur Eile, und aus dem Nachbarhaus rief mir Rebekka hinterher:

»Lass uns nicht allein, Perla. Geh nicht fort!« Es dauerte eine Weile, bis Rebekkas große schwarze Augen, die mein ganzes Gesichtsfeld einnahmen, verschwanden. Im nächsten Moment durchströmte mich ein Gefühl der Wärme und Geborgenheit: Ich lag in Teds Armen, wortlos lauschten wir dem Gesang der Kanarienvögel und ließen uns von den schillernden Farben der Dekorationen im Ninho de Amor berauschen. »Du bist schön«, sagte Ted, lächelte und meinte: »Schönheit vergeht, du hast Chuzpe, das ist deine Zukunft. Lass dich von deinem Verstand leiten.«

Unbekannte Geräusche und Kindergeschrei bereiteten meinem Traum ein Ende. Bemüht, mich im dämmrigen Raum zu orientieren, rieb ich mir die Augen. Ich wusste sofort, dass ich mich in Samuels Haus befand, obwohl ich Teds Wärme noch auf meiner Haut spürte und seine eindringliche Stimme in meinen Ohren klang. Mit Ted, dem einzigen Menschen, der mich wirklich kannte und dem ich vertraute, hatte eine gemeinsame Zukunft niemals zur Debatte gestanden. Wir hatten uns geliebt. Später fragte ich mich, ob diese Liebe gerade wegen ihrer Aussichtslosigkeit so tief und beglückend, so ehrlich und frei von Schmu gewesen war. Keinem anderen Mann hatte ich mich hingegeben. Nun war er hier, meine innere Stimme, um mich vor Leichtsinn und Dummheit zu bewahren.

Ein sachtes Klopfen an der Tür unterbrach meine Gedanken. »Na, du Schlafmütze?« Rebekka stand mit einem großen Pott Kaffee an meinem Bett. Durch die Tür fiel ein Lichtstreifen herein. Ich räusperte mich und spürte meine Stimme, als sei sie eingerostet. Rebekka deutete auf ihr

Handgelenk. »Du hast sechzehn Stunden geschlafen, du musst durstig sein.«

»Sechzehn Stunden? Woher weißt du das?«

Sie hielt mir ihre linke Hand hin. Nun erkannte ich die winzige Uhr, die mit Bändern befestigt war. Rebekka setzte sich auf den Rand des Bettes und sah mich ernst an. »Du darfst meinetwegen keine Gewissensbisse haben. Du bist damals fortgegangen, wie alle fortgegangen sind. Ich bin geblieben, weil mich niemand mitgenommen hätte. Und ich musste für die Kleinen da sein. Für Samuel und meine Brüder bin ich die Mamme. Ihren Kindern bin ich die Bobe. Sie sind mein Leben.«

Mir fiel die Szene im nächtlichen Traum ein. Hatte Rebekka mich damals gebeten, sie nicht allein zu lassen? Lag es an meinem schlechten Gewissen, dass ich glaubte, Rebekka in Schutz nehmen zu müssen und dermaßen ungehobelt Iljana gegenüber aufgetreten war?

»Als ich fortging, riefst du, ich solle dich nicht allein lassen«, entgegnete ich.

Rebekka schüttelte den Kopf: »Deine Erinnerung trügt. Ich rief: Auf Wiedersehen in der Neuen Welt. Das ist unser Schicksal, ich wusste es! Ich war nur vor dir hier.«

»Ich fühle mich ein wenig unpässlich«, log ich. Die Leibschmerzen, die mich monatelang geplagt hatten, waren verschwunden. Mich jetzt der Mischpoche auszusetzen, war das Letzte, was ich wollte. Ich musste allein sein und Teds Rat folgen: nachdenken, meinen Verstand gebrauchen.

»Niemand wird dich vermissen. Ich bitte dich um Contenance! Samuel wird seine Bruderpflichten nicht erfüllen können, wenn du Unfrieden ins Haus bringst.« Rebekkas Stimme bebte vor Zorn.

Fest entschlossen, meine Kammer nicht zu verlassen, bat ich Rebekka um eine Kerze. Schulterzuckend ging sie zur Tür und drehte sich langsam um, als sei ihr das Wesentliche gerade eingefallen: »Morgen werden wir Kleider für dich beschaffen, sieh zu, dass bis dahin deine Unpässlichkeit auskuriert ist.«

Die Kerze war zur Hälfte heruntergebrannt. Stunde um Stunde hatte ich versucht, meine Gedanken zu ordnen. Dem Wunsch, frei zu sein, hatte jahrzehntelang mein ganzes Trachten gegolten, doch hier in der Fremde, einer Welt, deren Regeln und Rituale mir nicht vertraut waren, erwies sich mein Denken und Handeln als falsch.

Bereits in den ersten Jahren meines Aufenthalts in Montevideo waren die Bilder meiner Angehörigen zur Unkenntlichkeit verblasst. Das eine oder andere Mal hatte ich mir Vater ins Gedächtnis gerufen, bald aber jeden Gedanken an ihn weit weggeschoben. Es war viel Zeit vergangen, seit ich fortgemacht hatte. Ich erinnerte mich nicht, ob Rebekka oder meine Brüder jemals Teil meiner Sehnsucht gewesen waren. Nein, ein schlechtes Gewissen hatte ich ihr gegenüber nicht.

Erst als ich mir eingestanden hatte, dass es ohne Hilfe von außen keine Chance gab, Zvis Zwängen zu entkommen, hatte ich an meine kleinen Brüder gedacht, die inzwischen erwachsene Männer waren und damit als Retter infrage kamen.

Ich begann, Samuel mit anderen Augen zu sehen. Als seine Frau mit dem vierten Kind schwanger ging, hatte er die Familie allein gelassen und war mit einem halben Vermögen in die Ferne gereist, um mich, seine unbekannte Schwester, aus einem brasilianischen Puff zu befreien.

Rosenzweig's Apparel Store & Taylors Workshop befand sich in der Congress Avenue in einem langgestreckten weißen Holzgebäude mit riesigen Fenstern, die Flaneuren wie Marktbesuchern Einblick ins Innere boten. ›*Rosenzweig Bros. Co* ‹, die schwarze Schrift prangte auf weißem Untergrund. Rosenzweig, das war auch mein Name! Rebekka führte mich hinunter in die asphaltierte Geschäftsstraße, ihren Arm in meinem untergehakt. Eigene, angemessene Kleidung sollte ich erhalten, maßgeschneidert, so, wie es sich für eine Rosenzweig gehörte.

Samuel und seine beiden Cousins, Rebekkas Brüder, hatten eine kleine Schneiderwerkstatt eröffnet, nachdem ihre Einwanderung behördlicherseits abgeschlossen und die Genehmigung für die handwerkliche Selbstständigkeit erteilt worden war. Immer neue jüdische Zuwanderer sorgten dafür, dass das Geschäft mit der Bekleidung florierte. Fleißige Schneidergesellen aus der Alten Welt fanden eine Anstellung in Rosenzweigs Werkstatt, die bald vergrößert und in einem Neubau *down town*, unweit der *Train Station*, untergebracht wurde. Hinzu kam einige Jahre später das Bekleidungsgeschäft, in dem Weißwaren, Strümpfe und serienmäßig hergestellte Kleidung feilgeboten wurden. Rebekkas Vortrag über die erfolgreiche Geschichte des Unternehmens endete, als wir den Laden betraten.

Die von zahlreichen Kronleuchtern erhellte Halle flankierten an beiden Seiten dunkelbraune Holztische, hinter denen deckenhohe Regale und Schubladenschränke eingebaut waren. Schnell stellte ich fest, dass die rechte Seite die Herrenbekleidung, einschließlich Hüten und Schuhen, beherbergte, während gegenüber adrette Verkäuferinnen den Damen zu Diensten standen.

Das Verkaufspersonal hielt inne, als wir über die Schwelle traten und begrüßte Rebekka, als sei sie eine Fürstin. Ein schwarzes Mädchen, das mit einem Wedel unsichtbaren Staub von den Tischen und Regalen fegte, unterbrach sofort ihr Tun und senkte den Blick.

»Mrs. Rosenzweig, meine Cousine, ist kürzlich in Texas eingetroffen. Wir benötigen Kleidung für sie. Alles! Von Kopf bis Fuß.«

Behände legte die Verkäuferin Röcke, Jacken und Kleider auf die Verkaufstheke. »Selbstverständlich sind dies nur die Modelle. Wählen Sie aus, dann nehme ich Ihre Maße.«

Schwarze und dunkelbraune Farben, Altweiberschnitte! Sollte ich etwa bei diesen Temperaturen an Überhitzung zugrunde gehen? Wie eine Großmutter mit einem Dutt – so trug Rebekka ihn – den Saum meiner Kleider als Staublappen durch die Straßen schleifen? Nein! Ich würde mich hier nicht lebendig begraben lassen.

»Ich möchte ein leichtes, weißes Baumwollkleid, vielleicht mit einem rosafarbenen Taillenband. Einen dunkelroten und einen geblümten Rock, Jacketts mit Schößchen und Biesen. Schwarz und braun mag ich nicht.«

Während Rebekka errötete und sich mit einem weißen Spitzentuch den Schweiß von der Stirn wischte, holte die Verkäuferin einen Stoffmusterkatalog hervor. »So etwas wird hier selten verlangt, aber wir besorgen und fertigen alles nach Ihren Wünschen, Madam.«

Mit unverhohlener Begeisterung führte mich die junge Verkäuferin in ein Separee, wo sie mir ein Maßband aus beschichtetem Leinen zunächst um Taille, Brust und Hüften schlang, bevor sie es geschickt zur Ermittlung der Längenmaße an die entsprechenden Stellen des Körpers hielt. Jede einzelne Zahl notierte sie sorgfältig auf einem Zettel. »Endlich kommt ein bisschen Eleganz in die Tristesse dieser Stadt«, flüsterte sie mir zu. »Immer mehr Einwanderer treffen ein und möchten die gleiche Kleidung, die sie seit hundert Jahren in Europa getragen haben.«

Das war also die Grundlage des Geschäftserfolgs meiner Familie: Äußerlich musste an die heimatliche Tradition angeknüpft werden. In der Tat, die Menschen hier unterschieden sich kaum von denen, die mir vor ewigen Zeiten bei meiner Abreise im Gewimmel Odessas begegnet waren. Weder in Montevideo noch in São Leopoldo waren die feinen Herrschaften derart einförmig gekleidet gewesen.

»Samuel ist derselben Ansicht wie ich: Du solltest dich hier anpassen. Verhalte und kleide dich unauffällig«, riet mir Rebekka. Es war verdammt lange her, dass – abgesehen von dem Moment, in dem Samuel meine Rettung in Angriff genommen hatte – mir jemand Vorschriften gemacht oder gar Befehle erteilt hatte. Jahrelang war ich die Patrona gewesen, wenn auch nur stellvertretend und in einem Freudenhaus. So lange der Rubel rollte, sah Zvi keinen Anlass, mir reinzureden. Er fand Genugtuung in der Beschaffung des Nachwuchses für unser Ninho de Amor. Das war seine Stärke. Mein Job war das Management. Und meine Stärke war das Taktieren.

»Selbstverständlich, liebe Rebekka«, antwortete ich nach einem Moment des Zögerns, einem Moment, den ich benötigte, um meinen Verstand einzuschalten, so wie es mir Ted im Traum empfohlen hatte. Ich schenkte meiner Cousine ein schüchternes Lächeln, hielt die Lider gesenkt und presste meine Finger sachte auf ihren Ellbogen. Ich wollte ihr zu verstehen geben, dass es keiner weiteren Worte bedurfte.

So leicht, wie ich erhofft hatte, ließ Rebekka sich nicht beruhigen. Beim Abendessen berichtete sie ausführlich mit einer gehörigen Prise Entsetzen in der Stimme von meiner skandalösen Auswahl: »Ein weißes Kleid! Das müsst ihr euch mal vorstellen! So etwas tragen vielleicht die Damen drüben im Osten! Aber hier ...«

»Ein schönes Geschäft!«, wandte ich mich an Samuel. »Wenn du die Maßschneiderei ausweiten und zusätzlich in Serie produzieren würdest, wärst du nicht mehr abhängig von den Fabrikanten, die ohne eigenes Zutun ihr Geld verdienen.«

Samuel hob kaum merklich die Augenbrauen und sah mich fragend an. Im selben Moment giftete Iljana: »Flinke Zunge, lahme Griffel!«

Was wusste diese Schnepfe denn schon von Zungen und Griffeln! Mein Mund verzog sich zu einem Grinsen und beinahe hätte ich aufgelacht. Rebekka räusperte sich. Rasch senkte ich die Augen und meinte: »Ich dachte ..., ich wollte doch nur ...«

»Das Weibsbild denkt!« Samuel lachte und schlug die flache Hand auf den Tisch. »Überlasse das Denken mal denen, die dazu auserwählt sind!«

Iljana musste ihren Senf dazugeben und spöttelte: »Und zu wollen hast du gar nichts!«

Es dauerte noch eine geraume Zeit, bis ich vollständig erfasste, wie hier in der so genannten Freiheit der Hase lief. Obwohl die Frauen nichts zu melden hatten, ordnete Samuel sich seiner Angetrauten unter. Der Einfluss ihres Gekeifes war unverkennbar, auch wenn er den Herrn im Hause spielte und im Geschäft wirklich das Sagen hatte. Rebekka war eine Mischung aus serviler Großmama und oberster Dienstbotin, die den Haushalt führte und sich, soweit dies für nötig gehalten wurde, um die Kinder kümmerte. An unterster Stelle standen die schwarzen Mädchen, die, wie Rebekka es ausdrückte, die niederen Arbeiten erledigten. Ich begriff, dass es in diesem Haus weder Platz noch Aufgabe für mich gab.

Ich fragte mich, ob Werkstatt und Geschäft so viel abwarfen, dass drei Familien davon leben konnten. Rebekkas Laune hatte sich gebessert, nachdem ich zurückhaltend, ja beinahe unsichtbar geworden war. Nachmittags saßen wir beide zusammen auf der Porch und tranken Kaffee. Ich wollte so viel wie möglich über dieses Familienunternehmen herausfinden und fragte Rebekka vorsichtig aus.

»Iljana hat ein Vermögen und die Baumwollplantage mit in die Ehe gebracht. Meine Brüder sind nur kleine Gesellschafter der Schneiderei und des Ladens. Durch die

Heirat fiel Iljanas gesamtes Vermögen natürlich an Samuel. Mir gehört nichts.«

Baumwollplantage? Davon hatte ich noch nie gehört. Rebekka machte eine wegwerfende Handbewegung. »Samuel fährt immer wieder für ein paar Wochen hin, ich war noch nie dort. Da unten, im Süden, das ist nichts für Frauen.«

»Warum nicht?«

»Da arbeiten nur Neger und Latinos, das ist kein Umgang für weiße Mädchen.«

»Wer kümmert sich denn um alles, wenn Samuel nicht dort ist?« Ich war Feuer und Flamme, mehr über diese Plantage zu erfahren.

Rebekka zuckte mit den Schultern, Genaueres schien sie nicht wissen. »Frag Samuel. Nach dem Essen raucht er seine Pfeife auf der Porch auf der Westseite. Das ist eine gute Gelegenheit, ihn allein anzutreffen.«

Rebekka plauderte munter drauflos, sprach von Samuels Söhnen, die sie heiß und innig liebte. Meine Gedanken kreisten um die *Cotton Fields*, von denen ich nur wusste, dass sie weit entfernt lagen. Ich vermutete, die Menschen auf einer Plantage waren nicht so etepetete, so steif und langweilig wie hier. Rebekkas Lieblingsthema, die Kinder, interessierte mich nicht, und erst als sie mich eindringlich fragte, ob ich überhaupt zuhöre, ließ ich meine Tagträumerei los und fand auf den Boden der Wirklichkeit zurück.

»Entschuldige bitte.«

»Du erscheinst mir manchmal wie von einem anderen Stern«, meinte Rebekka lächelnd und wiederholte ihre Frage: »Warum hast du keine Kinder?«

Überrascht sah ich sie an. Durfte ich gestehen, dass Kinder in mein Leben nicht gepasst hatten? Dass ich nie den Wunsch nach einem Kind verspürt hatte? Wenn ich mich gezwungenermaßen mit dieser Frage hatte beschäftigen müssen, war es immer nur darum gegangen, eine Schwangerschaft zu vermeiden oder sie vorzeitig zu beenden.

»Zvi wollte keine Kinder«, versuchte ich mich aus der Affäre zu ziehen

»Kinder kommen, wenn man verheiratet ist«, beharrte Rebekka. Ich fragte mich, ob sie wirklich so ahnungslos war. Ob Rebekka jemals einen Mann geküsst hatte? Sie ließ nicht locker! »Dass jemand keine Kinder will, habe ich noch nie gehört, abgesehen davon, dass Kinder eine natürliche Folge der Ehe sind.«

»Zvi wollte keine, mehr kann ich dazu nicht sagen.«

»Dann hat er sein Lager nicht mit dir geteilt?«, schlussfolgerte sie.

»So war es«, bestätigte ich und musste nicht einmal lügen. Die wenigen gemeinsamen Nächte zu Beginn unserer Ehe hatten Zvi ohnehin nur dazu gedient, mich gefügig zu machen. Ich musste Rebekkas Neugier stoppen.

»Jetzt bin ich hier im Schoß der Familie und möchte nicht über die Vergangenheit sprechen. Du siehst, dass die Umstellung mir nicht so leichtfällt.«

Rebekka genoss es, mit mir durch die Straßen Austins zu schlendern. Endlich war sie nicht mehr allein und konnte ohne besonderen Anlass das Haus verlassen. Dank meiner

neuen, angemessenen Kleidung musste mein Bruder nicht mehr um den Ruf der Familie fürchten.

Während Iljana und die Kinder der nachmittäglichen Hitze entflohen und ausgiebig Siesta hielten, spannten Rebekka und ich unsere weißen Seidenschirme auf und zogen schwatzend wie Backfische an den Auslagen der feinen Läden vorbei. Wir hielten immer wieder inne und beratschlagten, ob sich die eine oder andere Anschaffung lohnte. Immer noch meinte Rebekka, meine Leidenschaft für außergewöhnliche Kreationen ausbremsen zu müssen.

An einem kühleren Nachmittag, an dem sich die Sonne hinter einem dichten Vorhang aus schwarzen Wolken verborgen hielt, bedeckten lediglich kleine Hütchen unsere Köpfe. Auf den Sonnenschirm, der sonst unsere Gesichter verschattete, hatten wir verzichtet. Als wir die Congress Avenue überquerten, um auf der gegenüberliegenden Straßenseite ein neu dekoriertes Schaufenster zu bewundern, kam uns ein merkwürdiges Paar entgegen. Der Mann im gesetzten Alter trug einen breitkrempigen Lederhut und sein speckiges Jackett umschloss einen riesigen Bauch. Auf den roten Locken der Frau saß ein kleiner, längst aus der Mode gekommener dunkelgrüner Filzhut. Für den Bruchteil einer Sekunde trafen sich unsere Blicke. Mich durchfuhr es wie ein Blitz, mein Herz begann zu rasen, sodass sich meine Lider ohne mein Zutun einen winzigen Augenblick senkten. Das Gesicht der Frau erstarrte, auch sie senkte die Lider, und krallte ihre behandschuhten Finger in den Arm ihres Begleiters. *Montevideo!* Ich erinnerte mich genau. Zvi hatte das Mädchen angeschleppt und persönlich *zugeritten*. Sie war eine Zeit lang seine Favoritin gewesen, bis sie ihren Ekel nicht mehr verbergen konnte und versuchte, sich ihm zu entziehen. Sollte ich nach mehr als einem Vierteljahrhundert hier von der Vergangenheit eingeholt werden?

»Kennst du diese Frau?« Rebekka sah mich fragend an.

»Nein, wie kommst du darauf?«

»Hm, ich weiß nicht, sie sah dich so seltsam an.«

»Mir ist sie gar nicht aufgefallen.«

Rebekka räusperte sich und schaute mich skeptisch an. »Sie hatte denselben unanständigen Gang wie du. Wieso wackelst du mit dem Hintern und lässt die Hüften so unsittlich kreisen?«

»Rebekka, du bist eine alte Jungfer! Jede Frau, die ihren Körper nicht mit Fischbeinen einschnürt, bewegt sich mit natürlicher Grazie.« Meine Cousine sah mich an, als stünde ich nackig neben ihr auf der Straße und böte den Passanten meine ganze Blöße dar. Meine schamlose Behauptung hatte Rebekka von ihrer Frage abgelenkt.

Gründe, Austin zu verlassen, gab es genug, und diese Begegnung brachte das Fass zum Überlaufen. Selbst wenn meine frühere Kollegin im weiteren Umkreis Austins wohnte, bestand das Risiko eines zufälligen Wiedersehens fort.

Ich war frei. Das musste ich mir immer wieder vor Augen führen. In Samuels Haus war ich nicht wirklich willkommen, Iljana hasste mich, ihre Herrschsucht war kaum auszuhalten und die Kinder waren mir ständig im Weg.

Ich musste mir andernorts ein neues, freies Leben aufbauen, wo nichts und niemand mir ins Handwerk pfuschen oder über mich bestimmen würde.

Es vergingen ein paar Tage, bis ich die Gunst der Stunde nutzen konnte und Samuel auf der westseitigen Porch erwischte. Iljana hatte sich mit den Kindern zur Mittagsruhe auf die nach Osten gelegene Schlafporch zurückgezogen.

»Mir ist zu Ohren gekommen, dass du verreisen willst«, eröffnete ich das Gespräch.

Samuels Miene erhellte sich, er schien über meine Frage erfreut. »Die Plantage! Die Baumwolle muss verladen, die Arbeit für die kommenden Wochen und Monate angeordnet, die Löhne müssen ausgezahlt, und die Rechnungen geschrieben werden. Die Plantage ist unsere Goldgrube. Wenn ich einen besseren Verwalter hätte, könnte ich noch mehr herausholen. Iljana liegt mir schon Wochen vor der Abreise in den Ohren und jammert über meine bevorstehende Abwesenheit. Ob mir das passt oder nicht, ich muss mich darum kümmern.«

Samuel zog genüsslich an seiner Missouri-Meerschaum-Pfeife und ein sanftes Lüftchen wehte den süßlich-aromatischen Duft des Virginiatabaks in meine Nase. Ted, dachte ich, genauso hatte Ted gerochen. Mit einem tiefen Atemzug sog ich diese Erinnerung in mich hinein.

Samuel lächelte: »Endlich eine Frau, die den Genuss des Pfeifentabaks zu würdigen versteht.«

»Virginia«, sagte ich und schenkte meinem Bruder einen verschwörerischen Blick. Dass ich selbst in den letzten Jahren in São Leopoldo Zigaretten geraucht hatte, verschwieg ich. Die Papelitos, wie wir sie im Ninho de Amor nannten, krönten die Stunde zwischen Feierabend und Schlafenszeit. Sie waren Trost und Ritual zugleich, wenn die letzten Freier verabschiedet waren und die Sonne ein erstes Gold über den Horizont schickte.

Es waren diese Seeleute von einem mexikanischen Frachter gewesen, die, nachdem sie unten in der Hafenkneipe reichlich Zuckerrohrschnaps getankt hatten, das Ninho de Amor aufgesucht und ihren höchstens vierzehnjährigen Leichtmatrosen zur Initiation unseren Mädchen übergeben hatten. Zum Abschied legte der zum Mann gewordene Knabe ein Päckchen auf meinen Tisch: »Papelitos para las señoritas.«

Ebenso blitzschnell wie diese Erinnerung aufgeflammt war, verschwand wieder.

Samuel wirkte entspannt, genüsslich formte er die Lippen, bevor er den Tabakrauch in Kringeln ausströmen ließ. »Rauchten die Männer in Brasilien diesen Tabak?«

Er warf mir einen neugierigen Blick zu. Samuel konnte und durfte nicht wissen, welcher Beschäftigung ich dort nachgegangen war. Ich suchte nach einer Möglichkeit, ihm zu beweisen, dass ich nicht nur die leidende, von Zvi betrogene und misshandelte Frau war. Diese Version war die einzige gewesen, mit der ich meine Familie dazu bringen konnte, mich aus Brasilien herauszuholen. Für eine Nafke hätte niemand einen Finger gekrümmt. Eine anständige Frau ging keinen Geschäften nach. Wie konnte ich Samuel überzeugen, mich zu den *Cotton Fields* mitzunehmen?

»Alles, was du hier siehst, ist das Ergebnis von Fleiß und Genügsamkeit.« Samuel deutete mit ausschweifender Geste auf die Villa und den Garten. »Ich bin kein Müßiggänger. Weißt du noch, wie es zu Hause war? Kaum Arbeit und dennoch keine Ruhe!«

Samuel hatte die richtige Frau gewählt. Eine mit Mitgift! Sein Schwiegervater musste von seinen Qualitäten überzeugt gewesen sein, schließlich hatte er ihm nicht nur sein einziges Kind, sondern dazu einen Großteil seines Vermögens anvertraut.

Erst viel später, als ich mit den Werten und Einstellungen der jüdischen Einwanderer in meiner neuen Heimat vertraut war, verstand ich, dass sie in der Diaspora gezwungen waren, ihre Kinder mit einem Partner aus dem eigenen Kulturkreis zu verheiraten.

Die Vorstellungen von Iljanas Vater waren getragen gewesen von der Suche nach einem jüdischen, fleißigen und beeinflussbaren Ehemann für seine wenig attraktive und launische Tochter, die eine alte Jungfer zu werden drohte, wenn sie nicht bald unter die Haube kam. Und Nachkommen sollte er zeugen, der Schwiegersohn.

Für meinen ehrgeizigen und in Liebesdingen unerfahrenen Bruder, der früh gelernt hatte, sein Ziel auf dem Weg des geringsten Widerstands zu verfolgen, hätte es nicht besser kommen können: Mit dieser Ehe wurde der Grundstein für seinen wirtschaftlichen Erfolg und sein Ansehen gelegt, er wurde Hausherr und Familienvater. Schon kurze Zeit nach seinem Eintreffen in der Fremde hatte er sich als geachteter Bürger Austins und somit als Amerikaner etabliert.

»Ich glaube dir«, beteuerte ich, genoss die seltene Vertrautheit, mit der mir mein Bruder in diesen Minuten begegnete.

»Rebekka«, sagte er, »sie war Arik und mir eine Mutter, so wie sie es für ihre kleinen Brüder war. Perla, hat sie immer wieder beteuert, Perla, eure schöne Schwester, hat fortmachen müssen. Schön wie eine Perle sei sie gewesen, so rein und klar, hatte eure Mamme gesagt und dem Kindchen diesen Namen gegeben. «

Samuel räusperte sich: »Rebekka sprach ständig von dir, damit wir dich nicht vergessen. Mamme sei im Himmel, und unsere große Schwester in der Neuen Welt. «

Ich nickte und schämte mich. Rebekka hatte meinen Brüdern Wurzeln gegeben, Geborgenheit und dafür gesorgt, dass sie mich, die entschwundene Schwester, nicht vergaßen.

»Rebekka gehört zu euch, hierher. «

Samuel nickte.

»Wo ist Arik? «

Zum ersten Mal seit meiner Ankunft fiel Ariks Name. Bisher hatte ich mich nicht getraut, nach seinem Verbleib zu fragen, fürchtete, ihm wäre etwas zugestoßen.

»Arik! « Samuel verzog das Gesicht. »Arik hat seinen Plan geändert. Er ist in Berlin geblieben. «

»In Berlin? «

»Unsere Ausreise führte uns zunächst nach Deutschland, das Geld für die Schiffspassage reichte nicht. Wir fanden eine Anstellung bei einem Konfektionsschneidermeister in der Friedrichstraße. Die Berliner Mantelnäherinnen waren unzuverlässig; sie planten einen Generalstreik – das war unser Glück. Drohenden Einbußen wollte der Meister vorbeugen, sodass er die Mädchen entließ und uns auf Zeit als Gesellen einstellte. Ohne Dach über dem Kopf und im Transit waren wir ihm ausgeliefert, von uns hatte er nichts zu befürchten. Als wir endlich unser Geld beisammenhatten und nach Bremerhaven zur Einschiffung aufbrechen wollten, gestand mir Arik, dass er beschlossen habe, in Berlin zu bleiben. Er drückte mir seine Ersparnisse in die Hand und beschwor mich, auf Rebekka zu achten. Schließlich erinnerte er mich an Vaters letzten Wunsch: dich, Perla, zu finden.«

Arik war also in Europa geblieben, hatte den Spatz in der Hand der Taube auf dem Dach vorgezogen. Was sollte nun aus mir werden?

»Nimm mich mit auf die Plantage und lass mich schauen, was ich dort tun kann«, bat ich.

Samuel blickte auf seine goldene Taschenuhr, legte die Pfeife in eine Schale und erhob sich. «Ich werde darüber nachdenken.«

Bevor Iljana und die Kinder ihre Mittagsruhe beendeten und das Haus mit Unruhe erfüllten, wollte Samuel auf dem Weg zum Geschäft sein, dem Gewusel der Kleinen und Iljanas Geschwätzigkeit entfliehen.

Bei Tisch wurde inzwischen über kaum etwas anderes als Samuels bevorstehende Reise zu den *Cotton Fields* gesprochen. Iljana klagte, dass sie das Alleinsein nicht ertrüge, dass sie es hasse, wenn Samuel ohne sie verreise. Mein Bruder wendete ein, der familiäre Wohlstand stamme vor allem aus dem Baumwollgeschäft und es sei schließlich Iljana gewesen, die die Plantage mit in die Ehe gebracht habe – er müsse das Geschäft am Laufen halten. Das beruhigte

Iljana nicht. »Stelle jemanden ein, der sich darum kümmert«, quengelte sie. Samuel nickte. Mit Iljana war kein vernünftiges Gespräch möglich. Diesmal hatte mir meine Schwägerin mit ihrem Gejammer unwissentlich in die Hände gespielt. Mit halb geschlossenen Lidern klebte ich unbeweglich auf meinem Stuhl und löffelte meine Suppe, als ginge mich das Gespräch nichts an. Ich hoffte, dass ich rechtzeitig vom Zeitpunkt der Abreise erfahren würde, denn es lag noch ein Batzen Überzeugungsarbeit vor mir. Das weitere Vorgehen wollte ich unterwegs planen. Vom Baumwollanbau hatte ich keine Ahnung, ich würde die Augen offenhalten und meine Fähigkeiten vor Ort unter Beweis stellen müssen.

Durch die angelehnte Tür sah ich Rebekka im Wirtschaftsraum, wo sie sich an einem großen, lederbespannten und mit Messingbeschlägen versehenen Reisekoffer zu schaffen machte. In einem ähnlichen Gepäckstück deutlich geringeren Ausmaßes hatte Samuel seine Utensilien während meiner Flucht transportiert.

Rebekka erschrak, als sie mich bemerkte. »Was schleichst du hier herum?«

Hatte sie etwa den Auftrag, die Reisevorbereitungen vor mir geheim zu halten? »Ich schleiche nicht. Die Tür war offen.«

»Ich muss Samuels Gepäck vorbereiten, Iljana schafft es nicht, die Anzüge und Hemden ordentlich zu verstauen.«

Bemüht, nicht allzu eindringlich zu klingen, fragte ich, wann Samuels Abreise geplant sei. Rebekka erzählte von Geschäften, die vorher erledigt werden müssten. Ob sie mich absichtlich im Ungewissen hielt, konnte ich nicht einschätzen.

Wenn Samuel zu Hause war, ließ ich ihn, soweit dies möglich war, nicht aus den Augen. Ob er mein Ansinnen schon vergessen oder erst gar nicht ernst genommen hatte? Ich musste weg von hier! Ich spürte dasselbe Getrieben sein wie in São Leopoldo. Ich hatte es auch schon in Montevideo und, wenn ich recht überlege, bereits zu Hause empfunden. Es trommelte unablässig »Fortmachen!« in meinem Hirn, sodass meine Gedanken um sich selbst kreisten und mein Körper wie eine Marionette an unsichtbaren Fäden gezogen wurde.

»Wann fahren wir? Ich muss noch einiges vorbereiten«, fragte ich meinen Bruder. Wie üblich war er in Eile. Die Türklinke in der Hand, sah er mich verständnislos an.

»Ich begleite dich zur Plantage.«

»Was willst du da überhaupt?«, fragte er. Ich wusste nicht, ob es Spott oder Interesse war, das seiner Stimme einen seltsamen Klang verlieh.

»Nimm mich mit, lass mich schauen, ob ich dort eine neue Heimat und mein Auskommen finde. Iljana wäre es bestimmt recht.«

»Ich denke darüber nach«, versicherte mir Samuel. Dieser Spruch war mir vertraut und ich wusste, dass mein Anliegen aus Samuels Kopf verschwunden sein würde, bevor er sich auch nur einen Gedanken gemacht hatte.

»Wann fahren wir?«, beharrte ich.

Samuel räusperte sich und murmelte: »Sonntagfrüh um vier bringt uns die Kutsche zur *Train Station.*«

Eingehüllt in Samuels Tabakrauch und ein Gemisch aus Schweiß und Staub, saß ich meinem schweigenden Bruder gegenüber und sah aus dem Fenster die Weiten Texas an mir vorüberziehen. Stunde um Stunde zog sich hin, zwischen den Stäben meines Korsetts sammelte sich Feuchtigkeit und in den engen Stiefeln staute sich die Hitze. Ich stellte mir vor, ein weiterer Fahrgast befände sich im Coupé, einer, der unterhaltsam und charmant wäre. Sogleich fiel mir ein, dass es als unschicklich galt, mit einem Fremden zu plaudern. Bestenfalls dürfte ich dem Gespräch zwischen jenem und Samuel lauschen, sofern mein Bruder hier ein Geschäft wittern und sich einem Gentleman gegenüber eloquenter zeigen würde.

Eine gute Stunde währte die Fahrt mit dem Einspänner von der *Grand Central Station Houston* zur Baumwollfarm. Pferdegespanne, beladen mit allerlei Waren, versperrten die staubtrockenen Straßen, und an den Kreuzungen herrschte ein unglaubliches Getümmel. Samuels schwarzer Kutscher, der schon seit Jahren in den Diensten der Plantage stand, zeigte keinerlei Regung und beobachtete scheinbar gelassen dieses Chaos. In dem Moment, als eine winzige Lücke entstand, jagte er sein Pferd mit einem knallenden Peitschenhieb zwischen zwei Gespanne. Mit diesem plötzlichen Aufbruch hatte ich nicht gerechnet, die Kutsche ruckelte so heftig, dass ich beinahe vom

Sitz gerutscht wäre. Samuel, der dieses Spielchen kannte, grinste.

»Du wolltest auf die Plantage, Stadtfräulein«, spottete er.

Nach etwa einer Dreiviertelstunde bog unsere Kutsche in einen schmalen Pfad ab und gelangte kurz darauf zur Plantage, wo zwei schwarze Jungen mit gesenktem Haupt auf die Ankunft des *Big Boss* warteten. Weder Samuel noch der Kutscher würdigten die beiden eines Blickes.

Das Wohnhaus war von der Einfahrt nicht einsehbar, es lag versteckt hinter hohen, alten Pekannussbäumen. Entsetzt stellte ich fest, dass dieses windschiefe, einstöckige Gebäude, von dem die undefinierbare Farbe größtenteils abgeblättert war und dessen marode Fensterläden aus den Angeln hingen, eher unserer ukrainischen Dorfhütte ähnelte als einem Wohnhaus. Tapfer schluckte ich meine Enttäuschung herunter.

»Na, dann wollen wir mal«, forderte Samuel mich auf und stieg aus der Kutsche. Flink eilten ein paar Negerinnen herbei, die unser Gepäck griffen. Als Samuel die Stufe zur Porch betrat, erhob sich der Verwalter gemächlich von seinem Sessel und umklammerte, vergeblich um Haltung ringend, die Brüstung.

»Guten Tag, John«, grüßte mein Bruder den Wartenden. »Kommen Sie auf die Füße, wenn der Whiskey Ihr Hirn nicht vollends vernebelt hat.« Samuel rieb sich den Handrücken unter der Nase, als bemühte er sich, den Gestank fernzuhalten.

»Hey Sir, das ist ja alles Scheiße hier, die Nigger sind so faul …«, lallte John. Ich verstand nicht jedes Wort.

»Geziemen Sie sich! Sehen Sie nicht, dass ich in Begleitung einer Dame bin?« Samuels Gesicht war unter dem Hut rot angelaufen und die Adern an seinen Schläfen ließen mich an Därme frisch geschlachteter Hasen denken.

Bevor ich meiner Fantasie freien Lauf lassen und weiter Johns Tiraden zuhören konnte, holte mich eine alte, schwarze Frau ins Haus. »Bitte, Madam«, flüsterte sie mit flehendem Blick.

»Ich bin Pearl, Samuels Schwester«, begrüßte ich die Frau, die so viel Wärme ausstrahlte, als sei sie die personifizierte Güte.

»Ich weiß, Madam.«

»Pearl, nicht Madam.« Warum sollte mich diese Frau, die vom Alter her meine Mutter hätte sein können, mit *Madam* anreden? Mir wurde erneut bewusst, dass mir die hiesigen Gepflogenheiten nicht bekannt waren. Von der Gesellschaft in Austin wusste ich wenig. Und was die Plantage betraf: Ich hatte mir Gedanken über den Anbau, die Ernte und den Verkauf von Baumwolle gemacht, vom Umgang mit den Arbeitskräften fabuliert. Dass es auch Hierarchien gab, die nicht nur mit der sozialen Position, sondern auch und vielleicht vor allem mit der Hautfarbe der Leute zusammenhingen, hatte ich einfach nicht zur Kenntnis genommen.

»Wie heißt du?«

»Sally, Madam!«

»Seit wann bist du auf der Plantage, Sally?« Es tat so gut, mit dieser Frau zu reden, in ihre neugierigen Augen zu schauen und die von ihr ausgehende Freude einzufangen.

Zum ersten Mal seit meiner Ankunft in Texas begegnete mir jemand aufrichtig und frei von Vorbehalten.

»Ich bin schon immer hier, ich wurde hier geboren und bin geblieben, als wir frei wurden. Wo hätte ich auch hingehen sollen.«

Mein fragender Blick musste ihr verdeutlicht haben, dass ich ihre Äußerung nicht verstanden hatte.

»Meine Eltern waren Sklaven, wie alle Schwarzen. Wir wurden nicht schlecht behandelt, es gab immer genügend zu essen und wir wurden nicht mehr geschlagen als andere auch.«

Eine ganze Weile stand ich wie festgewachsen in meiner verschwitzten Reisekleidung in einem Zimmer, das mit seinem schweren Holztisch und Sitzbänken ringsum offensichtlich als Wohn- und Essraum diente. Ich musste mich bewegen, Zeit gewinnen, um über Sallys Äußerungen nachzudenken. Den Verstand benutzen, hatte mir Ted aufgetragen, nicht den spontanen Emotionen oder gar meinem Mundwerk die Oberhand überlassen.

Ich bat Sally, mich in das für mich vorgesehene Zimmer zu führen und griff nach meiner Reisetruhe, bevor sie sich danach bücken konnte.

»Das ist Mr. Rosenzweigs Zimmer, er sagt, Madam sollte hier schlafen.« Sally öffnete die Tür zu einem kargen, aber hellen Raum. Darin befanden sich ein Eisenbett, ein kippeliges Tischlein und ein laienhaft gezimmertes Behältnis, das mit viel gutem Willen als Schrank bezeichnet werden konnte. Das Fenster nach Westen war frisch geputzt und auf dem Sims leuchtete ein Strauß blauer und roter Blumen. Meine Überraschung musste unübersehbar gewesen sein, denn strahlte, als sie meine Freude erkannte.

»Hm, Madam, ich dachte, eine feine Lady aus der Stadt würde sich bestimmt über ein paar Blümchen freuen«, flüsterte sie.

»Dankeschön, Sally, ich freue mich wirklich«, sagte ich und hätte sie fast umarmt, wäre sie nicht rasch einen Schritt zurückgewichen. Sie schaute mich ängstlich an und schüttelte den Kopf.

»Sally?«, fragte ich. Ich verstand ihre Reaktion nicht und fürchtete, sie sei auf meinen Geruch und meine verstaubte Kleidung zurückzuführen. Ich sollte mich schleunigst frisch machen.

Es ging auf die Felder! Wie jedes Mal, wenn Samuel auf der Plantage war, wurde ein Kontrollritt über das Land unternommen.

John erwartete meinen Bruder an den Ställen. Mit breitkrempigem Hut, Lederstiefeln und Peitsche erschien mein Bruder mir wie das missglückte Abbild eines Cowboys. Nach dem ersten Überraschungsmoment kniff John die Augen zusammen und zog die Mundwinkel herab, bevor er sie zu einem breiten, dümmlichen Grinsen auseinanderriss.

»Ah, die Lady beehrt uns ... Mit einem Damensattel kann ich nicht dienen«, spottete der Verwalter. »Und die Kutsche ist nicht für Fahrten über die Felder gerüstet.«

Ich wäre lieber tot umgefallen als zuzugeben, dass ich noch nie auf einem Pferd gesessen hatte. Während ich nach

Worten suchte, um diesen Widerling zum Schweigen zu bringen, trat Samuel von einem Fuß auf den andern. Statt zu parieren, zappelte er wie ein Hampelmann herum.

»Ich benötige keinen Damensattel, wir gehen zu Fuß!« Meine Stimme unter Kontrolle zu halten, hatte ich jahrzehntelang praktiziert. Ich sprach leise und mit einer Schärfe, die sowohl John als auch meinen Bruder zusammenzucken ließ.

»Zu Fuß?«, fragte Samuel irritiert. Er musste gespürt haben, dass er in jenem Moment seine Autorität verloren und mir ungewollt das Zepter übergeben hatte.

»Der Boss nimmt Befehle von einem Frauenzimmer entgegen?«, stichelte John. Er wollte seine Macht demonstrieren und merkte nicht, dass er sich in seinem Größenwahn an den Rand seiner Existenz manövrierte. Schon jetzt war ich fest entschlossen, diesen Mistkerl zum Teufel zu jagen.

»Gehen wir. So können wir die Lage besser einschätzen und mit unseren Leuten sprechen.«

Samuel hatte keine andere Wahl, als mir zuzustimmen. Er wies John an, vorauszugehen.

»Wenn Sie meinen, Boss.« Schlurfenden Schrittes machte sich der Verwalter mit uns auf den Weg, die Peitsche fest umkrallt, als warte er nur darauf, sie endlich einsetzen zu können.

Kaum hatten wir das Feld erreicht, brüllte John unverständliche Worte. Einige Arbeiter ließen ihr Werkzeug fallen und sahen verblüfft zu uns hinüber. Es war anscheinend das erste Mal, dass der Verwalter ohne Pferd unterwegs war. Wutschnaubend knallte John die Peitsche mehrfach durch die Luft, und der Wind trug das zischende Geräusch über das Feld. Wer von den Arbeitern bislang noch nicht zu uns herübergeschaut hatte, musste nun unweigerlich den Blick auf uns richten. Eine weiße Lady hatten sie hier wohl noch nie zu Gesicht bekommen.

»Guten Morgen«, rief ich und winkte den Leuten zu. »Ich bin Pearl Rosenzweig, die Schwester vom Boss.«

»Madam, was erlauben Sie sich? Sind Sie lebensmüde?«, schnaubte John und erhob die Peitsche. »Mit den Niggern wird nicht gesprochen!«

Ich ging auf John zu und griff nach der Peitsche. Als sei er hypnotisiert, lockerte sich seine Faust und die Peitsche glitt in meine Hand. John baute sich vor mir auf, so nahe, dass ich seiner Alkoholfahne nicht ausweichen konnte. »Elendes Weibsstück«, stammelte er und versuchte, mir die Peitsche zu entreißen. Ich trat einen Schritt zur Seite, und John griff ins Leere. Samuel, der die ganze Zeit wie ein Zaungast die Szene beobachtet hatte, ergriff nun endlich das Wort: »John, geh zu Bett und schlafe deinen Rausch aus.«

Offenbar löste unser Spektakel Verblüffung, Neugierde, aber auch Angst bei den Arbeitern aus. Diejenigen, die am Feldrand wenige Meter von uns entfernt standen, duckten sich und schlugen die Hände schützend über den Kopf. Sie erwarteten Hiebe!

»Stellt euch aufrecht, ihr seid schließlich keine Affen«, rief ich und warf die Peitsche ins Dickicht am Wegesrand. »Der Boss und ich werden in den nächsten Wochen hier nach dem Rechten sehen. Wer von euch etwas vorzubringen hat, kann dies nach Feierabend oben im *Office* tun. Und jetzt an die Arbeit!«

Wir folgten dem Feldrain, bis wir nach einem langen Marsch den *Clear Creek* erreichten, der die Grenze des Anwesens markierte. Die Arbeiter hielten kaum merklich inne und lugten vorsichtig in gebeugter Haltung zu uns hinüber. Ich verzichtete darauf, John erneut zu provozieren, und hoffte, dass sich mein Angebot innerhalb der Arbeiterschaft herumsprach.

Ich schämte mich vor mir selbst für meine Dummheit. Was wusste ich schon über Texas? Wieso hielt mein Bruder Sklaven auf seiner Plantage? Warum schrien sie nicht auf oder flohen, wenn sie geschlagen wurden? Die Schwarzen waren bei den Baumwollpflückern in der Überzahl, Männer, die ihr unbedecktes Haupt der Sonne aussetzten, und einige Frauen mit weißen Baumwollhauben. Sie hausten in Hütten, die nicht einmal diese Bezeichnung verdienten, am hinteren Rand der Plantage, wo das fruchtbare Land an einen trockenen Kiefernwald grenzte.

Es gab ein paar Weiße mit Filzhüten und kniehohen Stiefeln, die offensichtlich eine Art Vorarbeiterfunktion innehatten – sie arbeiteten nicht, sondern kontrollierten und trieben die Leute an. Die anderen Arbeiter ähnelten jenen, die ich aus Uruguay und Rio Grande do Sul kannte: Sie waren weder weiß noch schwarz, es waren vierschrötige, braun gebrannte Männer, die ihren Kopf mit breitkrempigen Strohhüten vor der gleißenden Sonne schützten. Einige trugen Narben auf dem Rücken, über deren Herkunft ich nicht rätseln musste.

Ein Luftzug wehte ein Raunen über das Feld. Mich erreichten vertraute Laute, Brocken eines seltsam klingenden, aber doch klar auszumachenden Spanisch. Es mussten Latinos sein. Einen Augenblick fühlte ich mich zurückversetzt nach Montevideo, wo ebensolche Männer jenseits der von Palästen gesäumten Alleen, unten im Hafenviertel zu Hunderten herumlungerten, auf Arbeit oder einfach auf ihren Lohn warteten und sich mit billigem Zuckerrohrschnaps das Dasein schöntranken.

Ohne weiter nachzudenken, rief ich den Männern auf Spanisch zu: »Hallo, ich bin Pearl Rosenzweig, die Schwester vom Boss. Nach Feierabend bin ich im *Office*, wer ein Anliegen hat, kann mich dort aufsuchen.«

Überrascht vom Klang ihrer Muttersprache reckten die Männer ihre Köpfe in die Höhe und stimmten aus voller Kehle das Volkslied »*Estas son las mañanitas*« an:

»Dies sind die Morgenstündchen, von denen König David sang. Heute, weil dein Festtag ist, singen wir für dich. Wach auf, mein Schatz, wach auf, schau, es ist schon hell. Die Vögelchen singen schon, der Mond ist schon untergegangen.«

Sie sangen für mich! Sie hießen mich willkommen! Ein Geburtstagsständchen – ich war neugeboren, hier im weiten Land. Meine Augen füllten sich mit Tränen, ich presste die Faust fest vor meinen Mund, als fürchte ich die Laute, die aus meiner Kehle zu entfliehen drohten. Mit meiner Linken umklammerte ich einen Holzpfahl, als könnte ich so die Zeit anhalten.

Die Buchprüfung sei rasch erledigt, meinte Samuel und bat mich, unterdessen einen Imbiss für uns beide zuzubereiten. Wollte er mich nicht dabeihaben, oder glaubte er wirklich, mit einem Blick beurteilen zu können, ob korrekt abgerechnet worden war? Mir jedenfalls erschien John nicht koscher. Schon auf den ersten Blick hatte sich mir ein unsolider, schlampiger Eindruck von der Plantage aufgedrängt. Sollte diese jähzornige Schnapsnase von Verwalter ausgerechnet bei der Buchführung ordentliche Arbeit geleistet haben?

»Ich würde mir die Zahlen gerne anschauen«, bat ich Samuel. Schulterzuckend wies er mir einen Platz neben sich am Schreibtisch zu. »Die Bücher waren immer in Ordnung. Was weißt du denn überhaupt davon?« Samuel klang verärgert, aber er schien zu ahnen, dass er wenig überzeugend wirkte.

»Ich habe immerhin viele Jahre ein Unternehmen geführt, auch wenn es nur eine verdammte Kaschemme war.«

Samuel presste die Lippen zusammen und hob die Augenbrauen. »Du vergleichst eine Kneipe da unten bei den Halbwilden mit einer Baumwollfarm in den Vereinigten Staaten von Amerika?«

»Zahlen sind Zahlen: Einnahmen, Ausgaben, Ausschuss, Gewinn, Verlust.«

Mein Bruder nickte. Entweder hatte ich ihn überzeugt oder es war ihm mittlerweile gleichgültig. Er schlug das Journal des letzten Geschäftsjahres auf und fuhr mit dem Finger über die Zahlenkolonnen. »Sieht gut aus.«

Mich störten weniger die zahlreichen Flecken und Knicke als die Tatsache, dass die Einträge augenscheinlich im Nachhinein und nicht fortlaufend erstellt worden waren. Bevor ich mich den einzelnen Zahlen zuwandte, bat ich um die Kontokorrentbücher der Vorjahre. John verschwand missmutig in einen Nebenraum, wo er fluchend Schubladen und Schranktüren aufriss und wieder zuknallte. Nach einem lauten Aufstöhnen stolperte er mit einem Aktenstoß unter dem Arm ins Büro und knallte mir den Stapel auf den Tisch. Diese Geschäftsbücher wiesen ebenso Flecke und Knicke auf, allerdings bemerkte ich sofort, dass die üblichen Gebrauchsspuren fehlten. Auch hier mussten die Einträge innerhalb kurzer Zeit, an einem oder zwei Tagen, erfolgt sein.

»Nun geh deinen Rausch ausschlafen und komme morgen früh pünktlich und nüchtern her.« Mein Bruder hatte erkannt, dass von John keine Hilfe zu erwarten war. Ich war erleichtert, dass er die weitere Buchprüfung mit mir allein fortsetzen wollte.

Ich bat Samuel, die Seiten des Monats Oktober der letzten fünf Jahre aufzuschlagen und mir die Zahlenkolonnen vorzulesen. Dass sich mein Verdacht bald bestätigte, überraschte mich doch, schließlich hatte ich diese Prüfung nur durchgeführt, um meine Zweifel auszuräumen.

»Sieh dir das an! Die Zahlen sind absolut identisch.«

»Nun ja, wenn die Ernte jedes Jahr mehr oder weniger gleich war ...«, stotterte Samuel.

»Nein! Das sind fingierte Bücher.« Samuel schüttelte den Kopf und stöhnte. Mir schien, als wehrte sich gegen die Erkenntnis, dass er seit Jahren an der Nase herumgeführt worden war. War John ein geschickter Betrüger oder einfach nur faul und unfähig? So oder so, die Plantage brauchte einen verlässlichen Verwalter. Oder eine Verwalterin.

»Es hat nie ein Cent gefehlt, der Scheck mit dem Gewinn war immer pünktlich auf meinem Schreibtisch«, stammelte Samuel. »Ich hatte keinen Anlass, John zu misstrauen.«

»Woher weißt du, dass es der gesamte Gewinn war?«
Seine Versuche, sich zu rechtfertigen ärgerten mich und
ließen meine Beherrschung schwinden. Es gehörte sich
nicht, meinen Bruder, der mich aus der Gosse gerettet hatte, als leichtes Opfer eines Scharlatans, als Trottel hinzu-
stellen.

»Hast du eine Ahnung, wie es mit der Plantage lief, als
sie noch deinem Schwiegervater gehörte?« Vor meinem
geistigen Auge war Ted erschienen, der mir auch diesmal
mit seinem Credo aus der Patsche half. Ich unterdrückte
meinen emotionalen Mix aus Wut und Triumph und schaltete den Verstand ein. Samuel sah mich an und schwieg.

»Du hältst Sklaven!« Der Vorwurf in meiner Stimme
war unüberhörbar.

Samuel schüttelte den Kopf. »Die Sklaverei wurde ab-
geschafft, bevor ich nach Amerika kam, die gibt es schon
lange nicht mehr. Unsere Schwarzen sind frei, sie stehen in
Lohn und Brot und können jederzeit gehen.«

Ich konnte nicht glauben, dass Menschen freiwillig
schuften, in armseligen Hütten vegetieren und Misshandlungen über sich ergehen lassen würden. Noch weniger
glaubte ich, dass mein eigener Bruder, der Armut und Not
am eigenen Leib gespürt hatte, seine Leute schlimmer als
Tiere behandelte, sich sogar Schergen hielt, die die schmut-
zige Arbeit für ihn erledigten. Lächelnd fasste ich Samuels
Arm, schüttelte den Kopf und hoffte, ihn zum Sprechen zu
bringen.

»Iljana brachte die Plantage als Mitgift in die Ehe. Das
Geld in ihrer Familie vermehrt sich von selbst, die Besitz-
tümer werden von Verwaltern geführt. Wozu sollte jemand,

der im Überfluss lebt, sich um solche Kleinigkeiten kümmern?«

Samuels Stimme klang brüchig und sein Blick ging in die Leere. Mir schien, als habe mein Bruder in keiner Weise die Tragweite seines Lebens in der Neuen Welt begriffen. Er schien tatsächlich zu glauben, während kurzer Stippvisiten hier nach dem Rechten zu sehen, alles unter Kontrolle halten zu können. Wie ein russischer Feudalherr war er die Felder entlang geritten, ohne sich um die Arbeiter zu scheren. Gnadenlos und dumm.

»Das kann so nicht weitergehen«, redete ich auf ihn ein. Er musste den Verwalter ins Gebet nehmen. Samuel wand sich hin und her, knurrte unverständliche Worte und zuckte mit den Schultern. Was für ein elendes Mannsbild, dachte ich.

Eindringlich rief ich seinen Namen. Er sah mich an, als sei er aus einem Traum aufgeschreckt. »Was soll ich denn tun?«, sprach er eher zu sich selbst oder zu einem unsichtbaren, höheren Wesen.

»Was du tun sollst? Du musst handeln! Willst du wirklich deine Geschäfte diesem Taugenichts überlassen? Einem kleinen Despoten, der deine Leute schindet, statt dafür zu sorgen, dass sie angstfrei und gerne arbeiten?« Meine Stimmbänder brachten nicht mehr als ein Krächzen zustande, ich hatte zu viel und zu laut geredet, hatte nach passenden Worten suchen müssen, jiddische, die ich aus den hintersten Hirnwindungen hervorlocken musste und englische, über die ich nur ansatzweise verfügte.

»Schicke ihn zum Teufel!«, insistierte ich.

»Und die Plantage?«

»Du brauchst jemanden, dem du vertraust, der das Geschäftliche ebenso beherrscht wie den Umgang mit den Leuten. Jemanden wie mich!«

Mein Vorschlag löste bei Samuel einen Ausbruch von Heiterkeit aus. Er sah mich an, lachte lauthals und schlug sich auf die Schenkel. »So jemanden wir dich? Dich? Eine Frau?« Sein Lachen wollte gar nicht enden, er schüttelte den Kopf, trommelte mit den Fingern auf die Tischplatte und kicherte: »Du ja bist völlig meschugge!

»Nein!«, erwiderte ich und sah meinen Bruder streng an, »sieh zu, wie du aus dieser Sache rauskommst oder lasse dich weiterhin von John betrügen, versündige dich an deinen Leuten, enthalte deiner Frau den Gewinn vor, der ihr zusteht, und gestehe deinem Schwiegervater, dass du seinen dir anvertrauten Besitz vor die Hunde gehen lässt.« Ohne Samuels Reaktion abzuwarten, verließ ich das *Office*.

Gedankenversunken sah ich aus dem Fenster. Auf dem Hof spielten die schwarzen Kinder mit den Hühnern Fangen.

»Ich bleibe hier«, verkündete ich noch am selben Abend und forderte in einem Atemzug meinen verblüfften Bruder ein weiteres Mal auf, den Verwalter zu feuern. Seine Miene verriet mir, dass mein Lamento ihn kalt ließ. Er würde die fehlerhafte Buchführung ignorieren, sich seinen Geschäften in Austin widmen und alles beim Alten belassen. Die Plantage interessierte ihn einfach nicht!

»In drei Tagen reisen wir ab.«

Ich bebte vor Zorn! Samuel nahm weder meine Aussage noch meine Entscheidung zur Kenntnis. Ob sich daheim in Austin alle seinen Befehlen beugten?

»Du reist ab, ich bleibe!« Am liebsten hätte ich geschrien, aber Teds Stimme mahnte mich, ruhig zu bleiben. »Und wenn du nicht Manns genug bist, deinen Knochenschinder zum Teufel zu jagen, nehme ich dir diesen Job mit Vergnügen ab.« Ich hielt meine Hände verschlungen hinter dem Rücken, um nicht mit Fäusten auf Samuel loszugehen. Unglaublich, dass mein Bruder, der die Mühsal der Auswanderung bewältigt, mit seiner Heirat eine gute Partie gemacht und ein erfolgreiches Unternehmen aufgebaut hatte, nun nicht in der Lage war, vernünftig zu entscheiden. Traute er mir, seiner Schwester – oder Frauen generell – nicht zu, die Plantage besser und zum Wohl der Familie zu führen? Beides regte mich gleichermaßen auf.

»Ich werde nicht mit dir nach Austin zurückfahren.« Meine Stimme klang ruhig und fest. Samuel nickte mit dem Kopf, während er mit halb offenen Lippen Luft aus seinen Wangen entweichen ließ. Am nächsten Morgen drückte er John ein Bündel Dollars in die Hand und bedeutete ihm, mitsamt seinem Gaul zu verschwinden.

Kaum war Samuel abgereist, brach ein beängstigendes Unwetter aus. Dauerregen setzte die Felder unter Wasser und die Pflanzen, die nicht der Überschwemmung anheimfielen, wurden durch den Sturm zu Boden gedrückt. Bald erfuhr ich von den schwarzen Mädchen, die an der Straße von Galveston nach Houston die fliegenden Händler abpassten, um Waren zu erstehen, dass Tausende Menschen mit ihrem Hab und Gut Richtung Houston unterwegs waren. Sie berichteten von einem fürchterlichen Hurrikan und einer Riesenwelle, die Galveston geflutet und vollständig zerstört hatte. Von der Seebrücke fehlte jede Spur und der Hafen war in seiner Gänze vom Meer verschluckt worden.

Mit angehaltenem Atem hörte ich den Mädchen zu. Galveston, dieses Paradies, wo mein Schiff vor wenigen Monaten angelegt, ich amerikanischen Boden betreten hatte, war vom Erdboden verschwunden. Von tausenden Toten wurde gesprochen und ich fürchtete, dieses Unglück könnte das Ende der texanischen Baumwollproduktion bedeuten. Unsere diesjährige Ernte würde sich ohnehin auf das beschränken, was schon sicher in Ballen gepresst im Magazin lagerte.

Anders als in Austin, wo ich mich während der dahin kriechenden Stunden leer und nutzlos gefühlt hatte, verging hier unten im Süden die Zeit zwischen dem ersten Hahnenschrei und dem Sonnenuntergang wie im Fluge. Jeden Abend, wenn die Arbeiter von den Feldern heimgekehrt waren und die Zettel mit den Tagesergebnissen abgeliefert hatten, saß ich im milden Schein der Petroleumlampe im *Office* und arbeitete die Zahlen in die dafür vorgesehenen Spalten ein, verglich die Ergebnisse mit denen des Vortags und genehmigte mir zum Schluss eine Papelito.

Monate waren vergangen, seit John abgezogen war und ich die Aufseher vor die Wahl gestellt hatte, entweder ihre Peitschen abzuliefern oder die Plantage zu verlassen. Auf keinen Fall wollte und konnte ich die Misshandlung der Arbeiter tolerieren, aber ich war mir auch meiner Abhängigkeit von den weißen Männern bewusst, die einigermaßen zuverlässig lesen und schreiben konnten. Sie waren als einzige in der Lage, die Ausbeute zu dokumentieren, die *Cotton Gin* sicher zu bedienen und kleinere Reparaturen vorzunehmen. Die meisten von ihnen waren nach Johns Abgang geblieben, wobei sie nicht mit ihrer Skepsis gegenüber einer Frau als Boss hinter dem Berg hielten. Sie hatten allerdings schnell verstanden, dass auch sie von einer Erhöhung der Produktivität profitieren würden. Die Schwarzen hingegen wussten meine Neuerungen zunächst nicht zu schätzen. In Ermangelung der Peitschenhiebe meinten einige von ihnen, das Pflücken immer wieder unterbrechen und sich auf dem Feld zum Ausruhen niederlassen zu können. Sie hatten nie gelernt, freiwillig Leistung zu erbringen. Was nicht aus ihnen herausgeprügelt wurde, blieb der Lethargie anheimgestellt. Sie hatten nie erfahren, dass Einsatz sich lohnte. Ich benötigte Wochen, um ihnen begreiflich zu machen, dass jeder auf der Plantage arbeiten müsse, und wer nicht arbeiten wolle, könne sein Glück anderweitig suchen. Weniger als eine Handvoll hatte schließlich vorgezogen, zu gehen.

Die Mexikaner, die als Wanderarbeiter durch Texas zogen und nach der Ernte zurück in ihre Heimat gingen, verstanden sehr schnell, welche Vorteile sie erwarteten. Geregelte Arbeit, mehr Lohn und keine Schläge!

Meine erste Lektion, die ich in Montevideo gelernt, in São Leopoldo vervollkommnet und als Credo hinter meiner Stirn gespeichert hatte, blieb auch bei der Übernahme der Baumwollfarm oberstes Gebot. Frei von Angst und Schmerz, satt und angespornt von der Aussicht auf Belohnung, sollten die Leute sein.

Diese Erkenntnis hatte das Ninho de Amor zum am besten besuchten Etablissement seiner Art im ganzen Staat Rio Grande do Sul gemacht. Die Kunden, nicht nur Matrosen und Eisenbahnarbeiter, sondern auch die feinen Herren, schätzten unsere gut gelaunten, sauberen und gesunden Mädchen und schoben mir so manche Münze zusätzlich in den Ausschnitt. Die Mädchen erhielten einen anständigen Lohn, ich zweigte mir ein kleines Vermögen ab und Zvis Kasse war so gut gefüllt, dass er keinerlei Verdacht schöpfte.

Langsam gewöhnten sich meine Leute an die Veränderungen. Das Jahr näherte sich dem Ende, die Ernte war zum größten Teil eingebracht. Ich wunderte mich, dass nur noch wenige Arbeiter aufs Feld gingen, seitdem die Tage kürzer wurden. Und sie schufteten pausenlos, um die restliche Baumwolle zu pflücken, während der Großteil der Leute mit dem Einschnüren der Ballen beschäftigt war. Obwohl ich kaum Ahnung von den Abläufen hatte, erschien mir dieses Vorgehen sinnlos, zumal sich die Leute beim Verpacken gegenseitig im Weg standen, ziellos hin und her rannten.

Ich bestellte die Aufseher ins *Office* und fragte nach einer Erklärung.

»Haben wir immer so gemacht, Madam«, lautete die Antwort. Als ich im Frühjahr die Arbeitszeit der Pflücker von vierzehn auf elf Stunden täglich reduzierte und eine Mittagspause zwischen zwölf und sechzehn Uhr angeordnet hatte, war ich ebenfalls auf den Widerstand der Aufseher gestoßen: »Das haben wir nie so gemacht.«

»Auf dem Feld sind zu wenige und beim Verpacken zu viele Männer«, sagte ich vorsichtig, um die Aufseher nicht gleich in die Offensive zu drängen. »Was meint ihr?« Ein Grummeln ging durch den Raum, einige scharrten mit den Füßen, andere kratzten sich am Kopf. Sie waren es nicht gewohnt, Vorschläge zu diskutieren. Es dauerte eine Weile, bis ich meinen Plan so formuliert hatte, dass die Aufseher den Eindruck gewannen, er sei auf ihrem eigenen Mist gewachsen.

Ich spürte, dass dies der geeignete Moment war, einen weiteren Teil meiner Vorhaben umzusetzen. Mit knappen Worten bedankte ich mich bei den Männern für ihren – wie ich betonte: entscheidenden – Beitrag zur Verbesserung der aktuellen Arbeitsabläufe und bot ihnen eine Aufwertung ihrer Tätigkeit an. »Ich brauche eure Unterstützung, zuverlässige Männer, die täglich die Ernte, die Aussaat und schließlich die Ergebnisse der *Cotton Gin* exakt aufschreiben. Ihr könnt doch alle lesen und schreiben?«

»Madam, das machen wir doch schon«, meldete sich einer von ihnen.

»Es muss genau gezählt, gemessen und gewogen werden, und die Einträge müssen täglich erfolgen. Ihr wisst, dass ich mit Johns Arbeit nicht zufrieden war ...«

Das schlechte Gewissen stand ihnen ins Gesicht geschrieben, schließlich waren die Zahlen, die sie dem Verwalter angegeben hatten, reine Schätzwerte, die nie kontrolliert wurden.

»Ihr bekommt Papier und Stifte und tragt die Werte in die vorgegebenen Spalten ein. Das ist eine wichtige Aufgabe. Ihr seid jetzt Vorarbeiter!«

Von diesem Tag an erhielt ich nachprüfbare Zahlen, und schon nach kurzer Zeit stellte ich fest, dass die Ausbeute vermutlich deutlich höher war, als Johns Bücher ausgewiesen hatten. Noch wusste ich nicht, inwieweit dies den von mir eingeführten Veränderungen geschuldet war. Aber eines stand fest: Samuels Auflage, seinen Gewinn um zehn Prozent zu steigern, würde ich mühelos erfüllen.

Seit gut drei Jahren gedieh die Plantage unter meiner Leitung. Zwischen Ernte- und Saatzeit hatte ich die windschiefe Hütte abreißen und durch ein kleines, aber ansehnliches Steinhaus ersetzen lassen. Das Winterfeld, das in der Nähe der Baracken lag, hatte ich bearbeiten und vergrößern lassen, sodass hier reichlich Gemüse, Kartoffeln, Baum- und Strauchobst angebaut werden konnte, die uns alle übers Jahr ernährten.

Bei den Wanderarbeitern hatten sich meine Arbeitsbedingungen herumgesprochen: Unsere Plantage war begehrt. Schon im Februar, bevor die Aussaat begann, erschienen die ersten Mexikaner und boten ihre Arbeitskraft an. Ich hätte auswählen und die Jüngsten und Kräftigsten in Lohn und Brot nehmen können, bevorzugte aber jene, die mir bereits im Vorjahr treue Dienste geleistet hatten. Ersetzt wurden diejenigen, die wegen ihres Alters, Krankheit oder familiärer Verpflichtungen in ihrer Heimat bleiben mussten.

Diego erschien Anfang April, als die Aussaat schon in vollem Gange war, und pries seine Dienste an. Anders als andere Wanderarbeiter bettelte er nicht um Anstellung, sondern stand wie angewachsen vor dem Eingang in einer Haltung, die keine Ablehnung zuließ. Er sei immer weitergewandert, nachdem ihn andere Plantagenbesitzer zurückgewiesen hatten. Hier, auf unserer Plantage, würde er nun bleiben. Auf Spanisch antwortete ich ihm, dass wir zunächst ins Gespräch kommen müssten und ich dann über eine mögliche Anstellung entscheiden würde. Befreit vom Radebrechen auf Englisch, sprudelte er los: Seine *Novia* sei schwanger. Die Hochzeit sei geplant. Komme, was wolle, er brauche Geld.

Gerade achtzehn sei er, antwortete er, als ich sein Alter wissen wollte. Der Junge sah mich mit seinen großen, braunen Kulleraugen an, lächelte, wobei sich am Kinn und an beiden Wangen Grübchen bildeten. Seine Miene war weder unterwürfig noch abschätzend. Ein Macho war Diego ganz sicher nicht. Was mich so seltsam berührte, konnte ich mir nicht erklären. Ich spürte einen Anflug von Schmetterlingen im Bauch, so, wie ich es in einem anderen Leben bei Ted erlebt hatte.

»Und du, wie heißt du?«, wollte Diego wissen, nachdem er mir seinen Namen genannt hatte.

»Ich bin Señora Rosenzweig, alle nennen mich Madam.«

»Deinen Namen möchte ich wissen. Ich Diego. Du?«

Der schöne Knabe brachte mich dermaßen aus dem Konzept, dass ich ohne Nachdenken sagte: »Perla, ich heiße Perla.« Auf Spanisch klang mein Name genauso wie im Jiddischen. Mich als Pearl vorzustellen, wäre mir in jenem Augenblick nicht eingefallen.

»Ey, Perlita!« Diego pfiff zwischen den Zähnen und nannte mich ›kleines Perlchen‹. Und ich stand bewegungsunfähig vor diesem Jungen, der mein Sohn hätte sein können. Ich konnte meine Augen nicht lösen von den Grübchen, die sein zauberhaftes Lächeln umrahmten, obwohl ich ihn hätte zurechtweisen sollen. Vermutlich ahnte er nicht, dass er eine Dreiundvierzigjährige vor sich hatte.

Bei meinem nächsten Ritt über die Felder – das Reiten hatte ich im ersten Winter meines Aufenthalts gelernt – stellte ich voller Zufriedenheit fest, dass meine Leute fleißig einem lautlosen Rhythmus folgend mit der Baumwollernte beschäftigt waren. Dann und wann stoppte ich das Pferd, um meinen Blick über das Land schweifen und mir die leichte Brise der frühen Morgenstunden ins Gesicht wehen zu lassen.

Gedankenverloren tätschelte ich den Hals der Stute, genoss das satte Gelb ringsum, als mich ein Rufen in die Gegenwart holte. »Perlita, Perlita!« Ich sah Diego, der sich aus der Hocke erhoben hatte und mit beiden Armen fuchtelte, mir zuwinkte und schließlich Handküsse zuwarf. Mein Herz machte einen Satz, einen Bruchteil einer Sekunde spürte ich einen Schauer durch meinen Körper ziehen. Kurz genug, um meinem Verstand die Oberhand zu gewähren.

»Komm her!«, rief ich und sah Diego mit finsterer Miene an. Noch bevor er mich erneut mit Kosenamen bedenken konnte, wies ich ihn für alle laut und deutlich hörbar zurecht und drohte, ihn im Wiederholungsfall fristlos zu feuern.

Diego sah mich an, als verstünde er nicht. »Wenn du etwas zu sagen hast, komme nach Feierabend ins *Office*. Für dich bin ich *Madam*. Dein Boss, verstehst du. Und nun zurück an die Arbeit!« Ich schämte mich der harschen Worte, mit denen ich Diego vor versammelter Mannschaft zurechtgewiesen hatte. Ich war sicher, er hatte nicht aus Respektlosigkeit, sondern mangels besseren Wissens, vielleicht aus spontaner Freude gehandelt. Wie ein geprügelter Hund schlich er zurück auf seinen Platz im Feld.

Seit jenem Tag wartete ich abends am Fenster des *Office* und schaute hinaus. Ich wünschte, Diego hätte meinen Hinweis verstanden und würde mich aufsuchen. Statt mich zu fragen, weshalb ich hier Abend für Abend auf sein Kommen hoffte, verfiel ich in erotische Fantasien, stellte mir vor, in seinen Armen zu liegen und seiner Stimme zu lauschen.

Samuel hatte seinen Besuch angekündigt, und ich war erleichtert, dass die Pflichten mich beanspruchten und die Träumereien vertrieben. Ich musste der Plantage wieder meine Aufmerksamkeit zu widmen. Obwohl mein Bruder mir inzwischen zu vertrauen schien, stürzte mich sein Besuch in Aktionismus: Alles sollte perfekt, die Geschäftsergebnisse bis zum letzten Tag nachvollziehbar und Haus und Felder in untadeligem Zustand sein.

Ich hatte gehofft, dass Rebekka Samuel begleiten würde. Meine Cousine war mein Anker, die Nahtstelle zu meiner verlorenen Geschichte, zu meiner Kindheit, zu meiner Familie. Wehmütig musste ich mir eingestehen, dass Samuel, Iljana und die Kinder Rebekka näherstanden als ich. Iljana hatte seit meiner Abreise zwei weiteren Kindern das Leben geschenkt und wollte auf Rebekkas Unterstützung nicht verzichten. Außerdem fühle Rebekka sich den Strapazen dieser Reise nicht gewachsen, erklärte Samuel, der es offensichtlich genoss, dem häuslichen Lärm und Chaos für eine Weile entflohen zu sein.

Seit meinem Umzug in das neue Steinhaus, das ich trotz seiner Einfachheit gerne als Villa bezeichnete, hatte mich Samuel noch nicht aufgesucht. Mein Bruder war der erste Besucher im behaglichen Gästezimmer, das zwar ebenso wenig Luxus aufwies wie die übrigen Räume, aber eine gewisse Heimeligkeit ausstrahlte.

»Umgebaut?«, knurrte er. Ich war auf seine Äußerung gespannt gewesen, hatte auf Anerkennung gehofft und gleichzeitig seine Zurechtweisung befürchtet. In meinem Eifer hatte ich nicht bedacht, dass ich mit dem Umbau möglicherweise meine Kompetenzen überschritten haben könnte. Ehrlich gesagt, betrachtete ich die Plantage als mein Eigentum und hatte Samuel und die ganze Mischpoche in Austin einfach aus meinen Gedanken gestrichen.

Kommentarlos setzte Samuel sich an den gedeckten Tisch. »Gut, gut«, murmelte er, griff nach der Schüssel mit dampfender Feijoada, die ein herrliches Aroma im ganzen Salon verbreitete, und füllte seinen Teller bis zum Rand. Er schaufelte den Eintopf in sich hinein wie ein Verhungernder.

»Schmeckt!«, sagte er zwischen zwei Bissen. »Was ist das?« »Stew! Die brasilianische Art. Ausschließlich frische Zutaten von der Farm! Auch das Huhn!« Ich vergaß einen Moment, dass Samuel als Besitzer der Stolz zugestanden hätte, den ich nun spürte. Ich biss mir auf die Lippen, deutete ein Lächeln an und zuckte mit den Schultern.

»Ihr baut Gemüse an?« Samuels Frage klang aufrichtig interessiert. Offensichtlich waren ihm seinerzeit Johns kümmerliche Beete nicht aufgefallen.

»Der Boden ist gut, und nach der Baumwollernte bleibt genug Zeit für die Gemüsefelder. Wir versorgen uns selbst. Die Leute bekommen anständiges Essen, das sie gesund und kräftig hält. Während der Baumwollzeit kümmern sich die schwarzen Frauen um Saat, Pflege und Ernte des Feldgemüses.«

Samuel hatte wirklich keine Ahnung. Bei seinen früheren Kontrollbesuchen, wie er die jährlichen Kurzaufenthalte auf der Plantage bezeichnete, hatte er sich von Johns Geschwafel blenden und lediglich während der Ritte über die Felder vom hohen Ross aus einen Blick über die schuftenden Arbeiter schweifen lassen.

Bevor sich Samuel den Geschäftsbüchern zuwandte, erfasste mich eine innere Unruhe. Ein altbekanntes Gefühl, das mich früher überkommen hatte, wenn Zvi überraschend aufgetaucht war und das Kassenbuch verlangt hatte. Anders als damals war meine Buchführung hier auf der Plantage korrekt bis auf den letzten Cent. Dennoch polterte mein Herz, dass ich fürchtete, jeder Pulsschlag ließe meine Adern sichtbar anschwellen. Als Samuel sich anschickte, eine seiner Havannas anzuzünden, fürchtete ich, er würde das ganze Haus vernebeln und für Monate seine Duftmarke hinterlassen.

»Setzen wir uns auf die Porch und schauen, wie die Sonne am Horizont versinkt.«

Samuel nickte. Er hatte es nicht eilig, die Bücher zu prüfen. »Nehmen wir ein Glas Wein mit raus?«

»Wenn wir mit den Büchern fertig sind«, entschied ich. Samuel zuckte ein wenig, ließ sich von Sally ein Glas Wasser geben und trat hinaus auf die Veranda. Ich setzte mich neben ihn, zog die silberne Zigarettendose, die ich beim letzten Einkauf in Galveston erstanden hatte aus meiner Rocktasche, entnahm eine Papelito und zündete sie unter den fassungslosen Blicken meines Bruders an. »Du rauchst?«, stieß er angewidert hervor. Ich versuchte, das Zittern meiner Hände zu verbergen, setzte ein breites Grinsen auf und sagte: »Jedenfalls keine Havanna!«

Am schwarzroten Himmel blähte sich die Sonne zu einem orangenen Ball, der das Land in sein Licht tauchte und Bäume und Sträucher in skelettartige Gestalten verwandelte. Schweigend überließen wir uns diesem Schauspiel und bliesen kleine und große Rauchkringel in die angenehm kühle Abendluft. Als das Meer die Sonne verschluckt hatte und die Nacht hereingebrochen war, begannen die Glühwürmchen ihren irrlichten Tanz.

Trotz der Baumaßnahmen am Wohnhaus, der Renovierung der Hütten und der Anschaffung einer neuen, modernen *Cotton Gin* wiesen die Geschäftsbücher einen satten

Gewinn aus. Mehrmals überprüfte Samuel die Zahlenkolonnen, verglich die einzelnen Spalten und nickte zustimmend.

»Wie hast du das geschafft?«

»Ich? Wir alle. Jeder auf der Plantage hat sein Bestes gegeben.«

Samuel schien nicht zu verstehen.

»Es kommt darauf an, dass die Mannschaft hinter dem Steuermann steht.«

»Ja, aber John hat doch auch …«, wandte er halbherzig ein.

»Harte Arbeit, karge Kost und Misshandlungen – das war Johns Vorgehen.«

Ich verzichtete darauf, erneut auf Johns Betrügereien hinzuweisen. Samuel sollte endlich begreifen, dass mein Umgang mit den Leuten hier die Voraussetzungen für ein profitables Unternehmen geschaffen hatte.

»Keiner der Schwarzen und Latinos tut mehr, als er unbedingt muss; ihnen ist der Fleiß nicht angeboren. Auf den anderen Plantagen läuft es genauso. Ohne uns Einwanderer wäre hier doch nur Ödnis und Wüste.«

Samuels Sicht der Dinge ärgerte mich. Bislang hatte ich geglaubt, unsere gemeinsame Herkunft, unsere Armut und die Schikanen, die wir Juden erdulden mussten, hätten uns mit einem Gerechtigkeitssinn ausgestattet. *Was du nicht willst, das man dir tu, das füg auch keinem andern zu«*, hatte unsere Mamme uns gelehrt.

»Erinnerst du dich an Mamme?«

»Warum fragst du? Ich war zwei als sie starb, und du, du hast fortgemacht und uns allein gelassen. Da war nur noch

Rebekka. Rebekka war für mich die Mamme.« Samuel klang wütend, ich hätte nicht fragen dürfen. Natürlich konnte er sich nicht an Mamme erinnern.

»Ich hoffe, du bist mit meiner Arbeit als Verwalterin zufrieden?«, lenkte ich das Gespräch wieder auf unsere Plantage.

»Sicher!«

Ich ärgerte mich über meine leise Hoffnung, ein paar lobende Worte von meinem Bruder zu hören. Erinnerte er sich an mein Versprechen, die Auslagen für meine Flucht aus Rio Grande do Sul mit Zins und Zinseszins zu erstatten? Erinnerte er sich wenigstens an seinen Spott, als er die Ernsthaftigkeit dieses Versprechens bezweifelte? Ich würde es nicht erfahren, aber ich wusste nun, dass die Plantage mein neues Zuhause blieb. Wahrscheinlich würde er, kaum dass er die Kutsche bestiegen hatte, keinen Gedanken mehr daran verschwenden.

Erschrocken zuckte ich zusammen, als es zu später Stunde leise an der Tür klopfte. Während Samuels Anwesenheit hatte ich die Büroarbeit vernachlässigt. Ich wollte jetzt das Versäumte nachholen und die Bücher wieder à jour bringen. Ich zupfte meinen Rock zurecht, warf einen prüfenden Blick auf meinen Schreibtisch und ging zur Haustür.

»Madam! Entschuldigen Sie bitte …«

»Diego! Komm rein. Was gibt es?«

Ich bedeutete ihm, mir zu folgen und führte ihn ins *Office*. Wortlos stand er vor mir, lächelte, knetete seine Finger und trat mit einem Fuß auf den andern.

»Diego?« Meine Stimme drohte, zu versagen, einem inneren Zwang folgend befeuchtete ich meine Lippen mit der Zunge. Diego trat auf mich zu, legte vorsichtig die Arme um meine Schultern, fuhr mit seiner Rechten durch mein offenes langes Haar und flüsterte: »Perlita! Wie schön du bist!«

Sachte legte er seine Lippen auf meinen Mund. Mir war, als hätte ich ewig auf diesen Augenblick gewartet, ich spürte eine wolkige Leere, in die ich mich fallen lassen musste, als sei sie das Ziel meiner Träume. Wie hinter einem Schleier nahm ich Diegos Liebkosungen wahr. Seine Zunge fuhr über meinem Nacken, er öffnete geschickt die Perlmuttknöpfe meiner Bluse und hauchte einen Seufzer an meinen Hals, während er meine festen Brüste in seine Hände gleiten ließ. Er drehte mich um, musterte mich staunend und ließ seine Hand weiterwandern.

Wir liebten uns. Einen kurzen Sommer lang. Dieser Junge, der mit sich im Reinen war, wie ich es in meinem ganzen Leben nicht hatte sein können, schenkte mir seine ganze Zärtlichkeit und flüsterte mir wohlklingende Koseworte ins Ohr. *Fruta madura*, reife Frucht, nannte er mich und fuhr sich dabei mit der Zunge über die vollen Lippen.

Der erste, unerwartet heftige Schmerz hatte mich aus einem tiefen, traumlosen Schlaf gerissen. Wie gelähmt lag ich im Bett, zitterte und fror trotz der Schweißperlen, die von meinen Schläfen auf die Augenlider und Wangen flossen. Mein gellender Schrei hallte durch das offene Fenster hinaus in die kalte Februarnacht. Die Haut über meinem zu Stein gewordenen Bauch spannte, als wolle sie reißen. Nicht mehr als ein kurzer Atemzug war mir vergönnt, bis die nächste Schmerzwelle mich erfasste. Einfach weiterschlafen! Nichts anderes wollte ich! Ich schloss die Augen, rollte mich auf die Seite und nahm mir vor, die nächste Wehe zu ignorieren. Noch bevor ich den Gedanken zu Ende gedacht hatte, übermannte mich ein neuer, noch stärkerer Schmerz. Ich fasste einen Zipfel meines Lakens, steckte ihn zwischen die Zähne, um nicht erneut zu schreien.

Das alles hatte nichts mit mir zu tun. Es sollte aufhören, ich wollte es nicht. Nicht dieses Wesen, das sich meinen Leib als Behausung ausgesucht und in mir gewachsen war, nicht diese Enge, die meine Organe zusammen quetschte und schon gar nicht diese Schmerzen. Vor meinem geistigen Auge erschien Zvi, der mich ins Stroh presste, seinen widerlichen, glitschigen Schmock wieder und wieder in mich hineinstieß. In meinen Ohren klang seine Stimme, die mir befahl, stillzuhalten. Ich kniff die Augen zusammen, biss in das Laken, ballte die Hände zu Fäusten und spannte meine Beine an, bis sich mein ganzer Körper verkrampfte.

»Atmen Sie, Madam! Atmen Sie!« Eine ferne weibliche Stimme durchdrang die Mauer, die mich umfing. Während die Schmerzen weiter in meinem Körper tobten, kühlte ein feuchtes Tuch meine Stirn. Ich war nicht mehr allein.

»Öffnen Sie den Mund, Madam!« Nein, das war nicht Zvis Stimme. Irgendwer zerrte an dem Stoffzipfel in den ich meine Zähne verbissen hatte, irgendwer drückte beide

Nasenflügel fest zusammen, sodass ich den Fetzen freigeben musste. Ich schrie!

»Gut so! Öffnen Sie die Augen!« Ich blinzelte vorsichtig und sah ein freundliches, schwarzes Gesicht. Sonnenstrahlen fielen durch das Fenster. Und dann wieder dieser Schmerz.

»Nein, nein! Ich kann nicht mehr, ich will das nicht«, schrie ich, während ich fühlte, dass eine Hand sich in meinem Unterleib zu schaffen machte.

»Es wird alles gut, Madam«, hörte ich. Nein, gar nichts wurde gut, es wurde schlimmer. Eine Schmerzwelle löste die vorherige ab, pausenlos. Ich schrie, ich stöhnte, ich fluchte.

»Schluss jetzt!« Ein Krake umfasste meine Schulten und riss mich hoch. »Augen auf, und raus aus dem Bett!« Willenlos überließ ich mich den Fangarmen und öffnete die Augen, als ich festen Boden unter den Füßen spürte und ein Schwall warmer Flüssigkeit meine Beine umspülte.

»Das Kleine will raus, du musst ihm helfen.« Verständnislos sah ich die Frau an. Die Schmerzen sollten aufhören, das war das Einzige, was ich wollte!

»Madam, Mary hat schon Hunderten Babys auf die Welt geholfen, bitte, tun Sie, was sie sagt.« Verwundert starrte ich Sally, mein Hausmädchen, an. Was machte sie hier? War sie schon die ganze Zeit bei mir, hatte sie mich schreien gehört? Und wer war diese Mary?

Während ich mich bemühte, trotz der nicht enden wollenden Schmerzen klare Gedanken zu fassen, zwangen mich die beiden Frauen in die Hocke, zerrten meinen Rücken an die Wand und zogen mit Leibeskräften meine Beine auseinander.

»Pressen!« Marys bisher beruhigende Stimme klang plötzlich alarmiert. Sally kniete sich neben mich, drückte mit ihrer Linken meinen Kopf gegen ihre Brust und begann, mit ihrer Rechten meinen prallen Bauch zu bearbeiten. Ich schlug wild um mich, versuchte, Mary zu treffen, doch den beiden Frauen gelang es schnell, mich zu überwältigen.

»Lasst mich doch einfach in Ruhe«, bat ich wimmernd und wünschte, einzuschlafen und erst aufzuwachen, wenn diese Prozedur zu Ende war.

»Ein Füßchen!«, schrie Mary, woraufhin Sally sich breitbeinig hinter mich setzte, mich mit beiden Armen umklammerte und mich gegen ihren Körper presste.

»Sie müssen jetzt tapfer sein«, befahl Mary. Sie führte ihre Hand in den Geburtskanal und zog das Kindchen an den Beinen heraus.

Dieser Augenblick zerriss mein Leben in zwei Teile. Nichts mehr würde so sein wie zuvor. Nie wieder würde ich einen Mann in meine Nähe lassen. Meine Lider fielen zu, ich gab mich dem Sog in die schwarze Tiefe hin.

Ob Minuten oder Stunden vergangen waren, wusste ich nicht, als Mary mir ein fest verschnürtes Bündel, aus dem ein blaurotes Gesichtchen hervorlugte, in den Arm legte.

»Ihre Tochter, Madam!« Zögernd nahm ich das Kleine entgegen, betrachtete es eine Weile und reichte es Mary. Die Schmerzen waren vorüber, ich wollte endlich schlafen, einfach nur schlafen.

»Die Nabelschnur war um den Hals geschlungen, Madam. In wenigen Tagen wird das Kleine wie alle anderen Babys aussehen.«

Ich schüttelte den Kopf und machte eine wegwerfende Handbewegung. »Nimm es mit, Mary.«

»Madam, Sie werden sich daran gewöhnen, legen Sie das Kindchen an Ihre Brust.«

Schulterzuckend ließ ich Mary gewähren, die mein Hemd aufknöpfte, sich an meiner Brust zu schaffen machte, und dem Kind die Brustwarze in den Mund schob. Begierig fing das Kleine an, zu saugen. »Nein! Das tut weh, ich will das nicht!« Ich müsse den ersten Schmerz aushalten, nach einer Weile würde er nachlassen, erklärte Mary und führte ihren Finger zwischen Brustwarze und Lippen in den Mund des Kindes. »Keine Milch! Sie haben keine Milch, Madam. Wir brauchen eine Amme.«

Erleichtert atmete ich auf. Diese unwürdige Prozedur würde mir erspart bleiben. Sollte sich eine der schwarzen Mommies um das Kind kümmern.

»Wie soll es denn heißen?«

»Marlene«, sagte ich, ohne weiter zu überlegen. Die Schwangerschaft hatte ich solange ignoriert, bis sie meinen Körper verunstaltete, und auch dann hatte ich keinen Gedanken daran verschwendet, dass aus diesem Gewächs ein Kind entstehen und mich zur Mutter machen würde. Marlene also. Der Name lag mir auf der Zunge und war heraus, bevor ich nachdenken konnte.

Marlene! Die *Chica alemana*, die in jener Spelunke in Montevideo ihre Dienste anbot – genauso freiwillig oder unfreiwillig wie ich. Dieses blasse, zarte, Geschöpf. Mit ihren langen roten Locken erschien sie wie ein Wesen von einem anderen Stern. Durchsichtig, schwebend, mit großen grünen Augen, die tief in den Höhlen wie von einem Nebelschleier umfangen lagen. Obwohl alle sie als deutsches Mädchen bezeichneten, war Marlene eine der wenigen Liebesdienerinnen, die in Uruguay das Licht der Welt erblickt hatten. Ihre Züge zu entschlüsseln gelang mir ebenso wenig wie den meisten anderen Mädchen. Sie war weder mürrisch noch unfreundlich, weder duldsam noch verschlossen – sie war besonders. Nicht schön, aber apart lockte und verzauberte sie die Freier im Handumdrehen.

Es hieß, Marlene sei ein gefallenes Mädchen, Tochter braver katholischer Einwanderer. Sie habe sich mit einem Kerl eingelassen und mit fünfzehn ihre Familie mit einem Bankert zu diskreditieren gedroht. Lange, bevor ihr Zustand sichtbar wurde, setzten die feinen Eltern ihre Tochter vor die Tür und überließen sie ihrem Schicksal. So erzählten es die Mädchen, die Marlene schon länger kannten, ihr Stück für Stück ihre Vergangenheit aus der Nase gezogen und daraus eine mehr oder weniger plausible Geschichte gewoben hatten.

Einmal – ich war erst wenige Wochen in Montevideo und trotz meiner so genannten Einweisung dumm und naiv – begegnete ich Marlene im Bad. Ich wollte ihr gerade anbieten, ihren Rücken zu schrubben – wir Mädchen liebten dieses Ritual – als ich blutige Striemen entdeckte, die kreuz und quer vom Nacken hinab führten. Marlene schüttelte den Kopf und bat mich, sie nach dem Bad mit Ringelblumensalbe einzucremen. Sie stand jenen Männern zu Diensten, die ihre Befriedigung fanden, indem sie Frauen blutig peitschten. Ihr mache es nichts aus, beteuerte sie.

Ich verschwendete keinen Gedanken an die Frage, warum ich meinem dunkelhaarigen Baby gerade diesen Namen gegeben hatte.

In den Hütten gab es einige Frauen, die kürzlich entbunden hatten und gegen ein Zubrot gern bereit waren, das weiße Baby zu stillen. Mary überließ es Sally, mir das Kindchen einmal am Nachmittag zu bringen, wo es friedlich im Körbchen neben meinem Bett schlief.

Gut zwei Wochen nach Marlenes Geburt war ich wieder zu Kräften gekommen und konnte mich endlich der Arbeit zuwenden. Wie ich es hasste, untätig ans Bett gebunden zu sein! Die Aussaat musste geplant werden, bald würden die ersten Wanderarbeiter eintreffen: Es gab viel zu tun. Vom Schreibtisch aus blickte ich auf den kleinen, schlummernden Fremdling, ohne auch nur das Geringste für ihn zu empfinden. Ich erinnerte mich der Zärteleien, die Rebekka Iljanas Kindern entgegenbrachte, hörte den süßen Klang ihrer Stimme, wenn sie die Kleinen mit kosenden Worten ansprach und sah, wie sie mit zarten Bewegungen über die kleinen rosigen Wangen streifte. Mir fielen keine Worte ein, die ich an das schlafende Bündel hätte richten können, ich mochte es nicht anfassen und nach kurzem Überlegen war mir klar, dass ich es nicht hier haben wollte.

Als das Kind vier Wochen alt war, entschied ich, es bei der Amme zu lassen. Ich war als Mutter nicht geeignet. Diego würde nicht erfahren, dass seine Saat aufgegangen war. Die Zeit der Leidenschaft war abgelaufen.

Diego traf als einer der ersten Wanderarbeiter ein. Einer der Vorarbeiter, die mit der Registrierung der Ankömmlinge betraut waren, rief aufgeregt nach mir, weil Diego unbedingt zu mir ins *Office* wollte und sich vom Vorarbeiter nicht abwimmeln ließ.

Aus der reifen Frucht war ein welkes Blatt geworden, die Geburt meiner Tochter hatte mich zwar nicht das Leben, aber die Liebe gekostet. Betont langsam ging ich zur Hütte, wo der Vorarbeiter die Mexikaner empfing und Diego gestikulierend um Aufmerksamkeit rang.

»Schön, dass du wieder da bist, Diego. Geh gleich zu den Baracken, es sind noch gute Plätze frei.«

Offensichtlich waren meine Worte nicht zu ihm vorgedrungen, denn er lief mir mit ausgebreiteten Armen entgegen. Vorarbeiter und die anderen Neuankömmlinge hielten bei ihren Tätigkeiten inne, starrten uns offenen Mundes mit unverhohlener Neugier an.

»Perlita, mi amor!« Er lief mit weit geöffneten Armen auf mich zu und nahm meine abweisende Miene nicht zur Kenntnis.

Mir blieb nichts anderes übrig, als auszuweichen, sodass Diego auf dem glatten Kopfsteinpflaster stolperte und der Länge nach hinfiel.

»Nicht so stürmisch, Diego. Ich freue mich, dass du voller Tatendrang bist und es nicht abwarten kannst, wieder aufs Feld zu gehen.« Ich schämte mich für meine Gemeinheit und wusste, wie unfair ich ihn behandelte. Aber ihn bloßzustellen, schien die einzige Möglichkeit, ihn von mir fernzuhalten. Nie, aber auch nie wieder würde ich mich in Abhängigkeit begeben.

Diego rappelte sich auf und sah mich mit großen, ernsten Augen an. Er zog die Schultern hoch, breitete die Unterarme aus und wies mit offenen Handflächen gen Himmel. Ich zwang mich, seinen verzweifelten Blicken standzuhalten, presste meine Lippen fest aufeinander und schüttelte den Kopf. Die Sekunden, die wir einander gegenüberstanden, erschienen mir wie eine Unendlichkeit. Diego raffte sein Bündel vom staubigen Boden, presste es an seine Brust und kehrte um, Richtung Ausgang.

»*Vaya con Dios*!«, rief er mir hoch erhobenen Hauptes zu, während er auf die Straße trat.

»*Vaya con Dios*«, flüsterte ich, ohne ihn anzusehen.

Mit Diego schickte ich nicht nur meine Erinnerung an die Leidenschaft, sondern auch den letzten Rest meines Selbst fort. Was mir blieb, war die eiserne Klammer, die mein Herz umschloss, die mich unnahbar und hart machte.

Seitdem die Plantage immer mehr Gewinn abwarf, kreisten meine Gedanken um die Möglichkeit, unsere Baumwolle selbst zu verarbeiten und zu vermarkten. Ich fragte mich, warum Samuel die Stoffe, die er in seiner inzwischen zur

Bekleidungsfabrik angewachsenen Werkstatt verarbeitete, teuer einkaufte, obwohl wir den Rohstoff selbst produzierten.

Galveston begann allmählich, sich von den fürchterlichen Zerstörungen durch die Sturmflut des Jahres 1900 zu erholen, ein neu erbauter Wall sorgte für Sicherheit vor der Unbill des Meeres. Eine Promenade mit Restaurants und einem modernen Vergnügungszentrum mit Bademöglichkeit, dem sogenannten Spielplatz von Texas, entwickelte sich zum Publikumsmagneten.

Meine regelmäßigen Aufenthalte in Galveston hatten mir hilfreiche Geschäftskontakte beschert. Als eine der wenigen Frauen war ich als Mitglied im *Garten Verein* aufgenommen worden, einem von deutschen Geschäftsleuten 1876 gegründeten Club. Hier gingen Männer ein und aus, die sich der industriellen Entwicklung Texas' verschrieben hatten. Männer, die ihr Fachwissen und ihre Erfahrungen aus den industrialisierten Länder Europas mitbrachten, die Maschinen aus England importierten und die vorhandenen Rohstoffe für den Aufbau einer texanischen Textilindustrie nutzen wollten. Weber und Spinner verließen zuhauf ihre europäische Heimat, um in der Neuen Welt ihr Glück zu finden.

Im *Garten Verein* hatte ich Jeremy White kennengelernt, der 1899 als Jeremias Weiss aus Deutschland eingewandert war. Hochgebildet und charmant, galt er als angesehener Fachmann, der beim Wiederaufbau der Stadt in verschiedenen Bereichen Meriten erworben hatte. Dieser Mann war mir auf Anhieb sympathisch, zumal er auf Avancen und Anspielungen verzichtete. Mir gegenüber sprach er offen aus, was niemand wissen sollte, obwohl entsprechende Gerüchte in Galvestons Gesellschaft kursierten: Seine Zuneigung galt dem eigenen Geschlecht! Er brauchte, um seine Position zu festigen und den Klatsch einzudämmen, eine Dame an seiner Seite. In Jeremys Begleitung öffneten sich mir die Türen der wichtigsten Clubs und der Häuser einflussreicher Persönlichkeiten. Gemeinsam wurden wir zum Dinner eingeladen. Von den Damen der Gesellschaft erwartete man, dass ihre Beteiligung an der Unterhaltung nicht über lobende Worte gegenüber der Hausfrau hinausging. So lauschte ich schweigend den Tischgesprächen der Herren und speicherte alles, was mir nützlich erschien, in meinem Gedächtnis.

Im Verlauf eines *Offenen Abends* im *Garten Verein* stürzte Jeremy auf einen deutschstämmigen Rechtsanwalt zu, der in Begleitung eines Paares auf Einlass wartete. Mir fuhr ein gehöriger Schrecken in die Glieder, als ich das Paar, dem ich in Austin begegnet war, wiedererkannte. Dass die beiden weder zu Galvestons Gesellschaft noch zu denjenigen gehörten, die hier Vergnügen und Sommerfrische suchten, war für jeden ersichtlich. Der Anwalt begrüßte Jeremy und stellte ihm das Paar vor. Ich nutzte diesen winzigen Vorsprung, um meine Reaktion zu planen.

»Madam, darf ich Ihnen Mr. Meerwald und seine Gattin vorstellen. Mr. Meerwald ist Rancher.«

Mr. Meerwald reichte mir seine behaarte, sommersprossige Hand. Ich verspürte ein leichtes Ekelgefühl. Anschließend begrüßte mich seine grell geschminkte Gattin, die Kleine aus Montevideo und wisperte »Ich glaube, wir kennen uns.« Obwohl die Herren zu einem Gespräch beiseitegetreten waren und uns nicht beachteten, antwortete ich für alle Umstehenden hörbar: »Ich bin Mrs. Rosenzweig und besitze hier im County eine Baumwollplantage. Ich bedaure, Sie enttäuschen zu müssen, ich kenne Sie nicht.«

Rote Flecken traten unter der dicken Puderschicht vom Gesicht bis zum großzügigen Dekolleté von Mrs. Meerwald hervor. Ob ihr nervöses Augenzucken ihrer Zweifel oder ihrer Scham geschuldet war, vermochte ich nicht zu sagen. Ich würde in Zukunft jedes Zusammentreffen mit diesen Leuten verhindern.

Nach Ende der Veranstaltung erzählte mir Jeremy, dass die Meerwalds seit Jahren eine Ranch nordwestlich von Austin besaßen und hier auf der Suche nach Land für eine weitere Rinderfarm seien. Aus Meerwalds Schilderungen habe er den Eindruck, dass er sich bereits in der Umgebung meiner Plantage umgesehen habe und hier in Galveston einige Erkundigungen einziehen wolle.

Mir standen die Haare zu Berge ob Jeremys Nachrichten. Ich erinnerte mich, an ein von Sally kürzlich überbrachtes Gerücht, das sie beim Tratsch mit ihren Freundinnen aufgeschnappt hatte: Ein paar Fremde hätten sich auf dem an meiner Plantage grenzenden Brachland mit einem Zollstock und undefinierbaren Werkzeugen zu schaffen gemacht.

Ob das nun diese Meerwalds oder wer auch immer gewesen waren, ich würde die Errichtung einer Rinderfarm in meiner Nachbarschaft nicht zulassen, und noch viel weniger wollte ich die Meerwalds in meiner Nähe dulden.

Ich bat Jeremy, mich am nächsten Morgen aufzusuchen und mit mir hundertsechzig Acres rings um meine Plan-

tage abzustecken, wie es der *Homestead Act* regelte. Anschließend fuhr ich mit Jeremy als Zeugen nach Galveston,
wo wir bei einem Anwalt meines Vertrauens das Geschäft
besiegeln ließen. Nun gehörte dieser Grund und Boden
mir. Eigentümerin wurde ich allerdings erst sechs Monate später nach Entrichtung des Preises von zweihundert
Dollar.

Die Grundlage für die geplante Erweiterung war geschaffen. Ich bot den mexikanischen Saisonarbeitern eine
Verlängerung ihres Vertrags an, damit sie den Wildwuchs
auf dem neu erworbenen Land entfernten, Steine und Un-
rat beiseite räumten und Nester gefährlicher und giftiger
Tiere ausräucherten.

Fest entschlossen, eine eigene Produktionsstätte für Tex-
tilien zu gründen, beauftragte ich einen Architekten mit
der Planung der Gebäude. Auf dem angrenzenden Land
sollten eine Spinnerei und eine Weberei entstehen.

Das Schicksal meinte es gut mit mir und meinen Plänen. Von 1906 an wurde Galveston von einem neuen Emi-
grantenzustrom erfasst; zahlreiche Deutsche, Juden und
Tschechen hatten in Texas ihren ersten Fuß in die Neue
Welt gesetzt. Längst nicht alle wollten weiterziehen in den
Norden, und nur wenige hegten den Traum vom Rancher-
leben in der weiten Ebene des Landes. Somit standen aus-
reichend europäische Fachkräfte für die Leitung meiner
Fabrik zur Verfügung und an Arbeitskräften mangelte es
nicht.

Nachdem ich meinem Bruder von den geplanten Maß-
nahmen – ich bezeichnete sie als Investition – berichtet
und im Vorfeld einige Einzelheiten angedeutet hatte, war

es nur noch eine Frage der Zeit, bis er sich hierher auf den Weg machen würde.

Früher als erwartet, und zu meiner Überraschung in Begleitung meiner Cousine Rebekka, traf Samuel an einem heißen Frühlingstag auf der Plantage ein. Mit dabei war auch sein siebenjähriger Sohn David, Rebekkas Lieblingsneffe.

Meine Cousine war stark gealtert, die Hitze setzte ihr sichtlich zu. Gerade Mitte Fünfzig erschien sie mir wie eine Achtzigjährige. Die Haushaltsführung unter Iljanas Fuchtel war scheinbar auch für die genügsame Rebekka kein Zuckerschlecken. Schwitzend und zitternd stieg sie als letzte aus der Kutsche. Weder mein Bruder noch der Kutscher erwiesen ihr die einer Dame gebührende Hilfestellung. Samuel, wie üblich in feinstes Tuch gekleidet, kam steifen Schrittes auf mich zu, während der kleine Junge neugierig hin und her hüpfte. Ich lief an meinem Bruder vorbei, um Rebekka in die Arme zu schließen. Ein freudiges Lächeln überzog ihr zerfurchtes Gesicht. »Ich habe es geschafft!«, stöhnte sie und drückte mich an sich, tätschelte meine Wangen und zupfte an meiner in ihren Augen offenbar unkleidsamen Bluse.

Nach langer Zeit, als seien Jahre vergangen, spürte ich wieder, wie mein Herz klopfte, mein Blut durch die Venen jagte und mein ganzer Körper bebte.

Meinetwegen hatte Rebekka diese Strapazen auf sich genommen! Sie wusste wenig von mir, noch weniger verstand sie mich und meine Entscheidung, hier allein als Baumwollfarmerin zu leben und auf die Annehmlichkeiten des städtischen Austin zu verzichten. Nichtsdestotrotz wusste ich, dass sie mich mit jeder Faser ihres Herzens liebte, dass wir über einen ebenso unsichtbaren wie unzerstörbaren Draht miteinander verbunden waren. Dieses Stück Vergangenheit hinter den windschiefen Hütten unserer Eltern in der russischen Einöde: Sie, die Ältere, und ich, wie wir mit zu Puppen gewickelten Lappen im schmutzig-staubigen Sand zwischen Hühnern und Gänsen Vater-Mutter-Kind spielten.

»Samuel wird dir sicher gerne den Vortritt lassen«, sagte ich augenzwinkernd und führte Rebekka ins Bad. »Lass dir Zeit, mache dich frisch. Sally wird dein Gepäck ins Schlafzimmer bringen, wo du mit dem Jungen übernachten wirst.«

»Und wo schläft Samuel?« Mich überraschte ihre Frage nicht, ging es doch Rebekka stets um dessen Wohlergehen. Sekundenlang spürte ich den Giftzahn der schwarzen Ratte, die zwischen Herz und Hirn in mir residierte: Wo ich nächtigte, interessiert sie nicht.

»Samuel übernachtet wie üblich im Gästezimmer«, sagte ich und verzog meine Lippen zu einem falschen Lächeln. »Und ich schlafe im *Office* auf der Chaiselongue, wo ich mich in den heißen Sommermonaten zur Siesta hinlege.« Meine Ratte war besänftigt!

Das Gespräch mit meinem Bruder hatte ich in Gedanken oft und in verschiedenen Varianten durchgesponnen. Die Fabrik würde voll und ganz mein Projekt sein. Samuels Gewinn hatte sich vervielfacht, seitdem ich die Plantage leitete, der Anteil, den er für sich beanspruchte, war ebenfalls deutlich gestiegen. Das Geld sollte investiert werden, statt für uns nutzlos auf der Bank zu liegen. Ich musste

Samuel davon überzeugen, das Geld in die geplante Fabrik zu stecken und unsere Baumwolle hier verarbeiten zu lassen. Er würde einer eigentumsrechtlichen Veränderung des Unternehmens zustimmen müssen, sodass ich als geschäftsführende Teilhaberin und meine Tochter – von deren Existenz niemand aus der Familie wusste – als Erbin eingetragen werden konnten. Es würde kein leichtes Unterfangen werden! Die Kalkulationen waren bestens vorbereitet, baurechtliche und juristische Empfehlungen lagen vor.

Alle Varianten, Samuel und Rebekka die Existenz meiner Tochter zu erklären, hatte ich verworfen. Es war nicht so, dass ich mich des Abenteuers, das mich zur Mutter gemacht hatte, schämte. Vielmehr fehlte mir jedes mütterliche Gefühl Marlene gegenüber, sodass ich fürchtete, unglaubwürdig zu erscheinen, selbst wenn ich das Mädchen, das sich mir gegenüber wie eine Fremde verhielt, der Familie vorstellte.

Samuel und ich verbrachten die nächsten Tagen im *Office*, sichteten die Unterlagen, diskutierten, kamen einer Einigung nahe und verwarfen sie wieder. Rebekka genoss unterdessen ihre freie Zeit – die erste freie Zeit ihres Lebens – lesend und ruhend auf der Porch. Am liebsten hätte sie sich gleich in der Küche zu schaffen gemacht, sich um unsere Wäsche gekümmert oder andere Aufgaben im Haus übernommen. Ich fragte sie, ob sie wirklich Sallys Stelle hier einnehmen und meine treue Helferin aus dem Haus schicken wolle. Dies hatte Rebekka in ihrer Dienstbarkeit nicht bedacht, gestand sie voller Scham.

»Womit soll ich mich denn beschäftigen, wenn ich nicht helfen kann?«

»Ich habe einige Bücher, die dich interessieren könnten, und einen Stapel ungelesener Zeitungen. Lies, was in Galveston geleistet wurde nach der großen Flut. Du wirst erstaunt sein.«

Rebekka nickte und fühlte sich offensichtlich wohl mit meinem Auftrag.

Dem kleinen David bot die Plantage ein abenteuerliches Umfeld. Anders als im heimatlichen Austin, durfte er sich frei auf dem Gelände bewegen. Zunächst blieb er in Hörweite nahe beim Haus, sodass sich Rebekka stets vom Wohlergeben des Jungen überzeugen konnte. Nach einigen Tagen wagte er sich in die Halle vor. Er beobachtete, wie die schwarzen Jungen lachend und hüpfend die Baumwolle zu riesigen Ballen pressten und dabei Schabernack aushheckten, Baumwollflocken durch den Raum pusteten, die sie sich gegenseitig in die krausen Haare rieben. Nach einer Weile tat David es ihnen gleich, fing die weichen Flocken auf und wälzte sich selbstvergessen auf den leeren Säcken am Boden. Schließlich entdeckte er im Nebenraum die *Cotton Gin*. Aus sicherer Entfernung starrte er ehrfürchtig auf die riesige Maschine und hielt sich ob des Höllenlärms die Ohren zu. Als die jungen Arbeiter plötzlich innehielten, mit den Händen die Baumwollflocken von ihrer Kleidung klopften und geschlossen die Halle verließen, erschrak David: Es musste bereits Mittag sein und Granny, wie er Rebekka zärtlich nannte, würde sich sorgen und ihn suchen, wie er uns später erzählte.

In der Tat stand Rebekka schwitzend vor der Tür und blickte sich suchend um, rief Davids Namen in alle Richtungen. Übersät mit weißen Baumwollflusen rannte der Junge, so schnell er konnte zu seiner Großtante, um ihr atemlos von seiner Entdeckung zu berichten.

»Schnee!«, rief Rebekka, »wo kommt denn der Schnee her?«

David, der Schnee nicht einmal vom Hörensagen kannte, schüttelte vergnügt den Kopf, wobei ein paar Flusen aus seinem lockigen Haar tanzten und zu Boden fielen. Rebekka legte den Finger auf ihre Lippen, wies mit ausgestrecktem Arm zur Küche und forderte David auf, ins Haus zu gehen: »Husch!«

»Das ist Baumwolle!«, erklärte ich meiner Cousine, die Schnee zuletzt in Berlin gesehen hatte, damals, auf der Durchreise von zu Hause nach Texas. Zehn, fünfzehn Jahre waren seither vergangen. Und ich? Schnee gab es weder in Uruguay noch in Brasilien, und hier im Süden Texas' natürlich auch nicht. Wie roch, wie schmeckte Schnee? Nach über dreißig Jahren fehlte mir jegliche Erinnerung daran.

Ich nahm mir vor, den Jungen demnächst mit aufs Feld zu nehmen, ihm die Baumwollpflanzen zu zeigen, ihn zusehen zu lassen bei der Ernte und ihm die *Cotton Gin* zu erklären. Wenn es mir gelang, ihn für die Plantage zu begeistern, würde er vielleicht später hier leben und arbeiten wollen. Seltsam, wie weit ich plötzlich in die Zukunft dachte und Marlene von vornherein als meine Nachfolgerin ausschloss.

Samuel und ich redeten uns die Köpfe heiß. Offensichtlich hatte mein Bruder nichts gegen weitere Gewinne einzuwenden, denn meine Überlegungen leuchteten ihm durchaus ein. Mit stolzgeschwellter Brust fantasierte er laut über das Ansehen, das ihm als *richtiger* Fabrikant zuteil-würde. Obwohl er die Schneiderwerkstatt inzwischen zu einer Konfektionsfabrik ausgebaut und einer der größten Arbeitgeber Austins geworden war, fühlte er sich zu wenig geachtet. Dass diesem erhofften Statusgewinn wesentliche Schritte vorausgehen mussten, ignorierte er. Ohne Kredite war das Projekt nicht zu realisieren, der Gewinn aus der Plantage allein reichte nicht aus, um Produktionsstätten zu bauen und Maschinen zu kaufen. Samuel war eine Krämerseele geblieben, auch wenn er inzwischen andere für sich arbeiten ließ.

»Ich könnte unseren Bruder in Berlin bitten, zu investieren«, schlug ich vor, ahnend, dass Samuel wie ein Versager dazustehen befürchtete, wenn er unserem Bruder als Bittsteller – so schätzte er die Situation offensichtlich ein – begegnete.

Samuel schüttelte bedächtig den Kopf. Ich sah ihm deutlich an, dass er sich einfach nicht mit dem Thema befassen wollte. Anscheinend waren ihm schon immer die gebratenen Hühner ins Maul geflogen.

»Wir benötigen einen Kredit«, insistierte ich. »Es wird ein Leichtes sein, die Raten binnen Kurzem zurückzuzahlen.«

Samuel bat sich Bedenkzeit aus. Wir wussten beide, dass die Verhandlungen noch lange nicht abgeschlossen waren. Nicht zuletzt deshalb, weil trotz aller Diskussionen Samuels Aufenthalt hier für ihn eine Art Urlaub, Rückzug aus dem Geschäft, Rückzug von der Familie und Iljanas Ansprüchen bedeutete.

Nachdem David die Scheu vor dem Unbekannten zugunsten seiner Abenteuerlust abgelegt hatte, erweiterte er täglich seinen Aktionsradius. Er stromerte auf den Gemüsefeldern herum, scheuchte Hühner und Gänse auf, er machte sich einen Spaß daraus, die nahezu flugunfähigen Tiere zu jagen und zu fangen, um sie gleich wieder im Gehege abzusetzen. Er wagte sich immer weiter weg vom Wohnhaus.

Ob es der Singsang der schwarzen Frauen oder das muntere Treiben der Kinder vor den Hütten war, das ihn angelockt hatte, wussten wir nicht. Jedenfalls gelangte er eines Tages zu den Behausungen der Schwarzen, wo die Jungen und Mädchen ihn in ihr Spiel einschlossen.

Nachdem ich Rebekka überzeugt hatte, dass David hier nicht zu Schaden oder gar abhandenkommen würde, hatte sie nach und nach ihre Kontrolle aufgegeben und vertraute darauf, dass der Junge spätestens zum Lunch wieder zurückfinden würde.

»Granny, Granny, bei den Schwarzen wohnt ein weißes Mädchen«, rief David aufgeregt bei der Rückkehr von seinem Ausflug zu den Hütten.

»Ach was, das kann gar nicht sein«, beschwichtigte Rebekka und verwies auf Davids überbordende Fantasie.

»Rede keinen Unsinn«, herrschte Samuel seinen Sohn an. »So weit kommt es noch, dass wir uns hier die Hirngespinste dummer Jungen anhören. Es reicht schon, dass ich den Taugenichts hier am Esstisch erdulden muss.«

»David hat recht. Meine Tochter Marlene wächst im Haus ihrer Amme auf.« Samuels Arroganz gegenüber seinem Sohn hatte mir seine Schwäche, seine mangelnde

Sicherheit und seinen Egoismus offenbart und meine Ängste, zumindest für den Augenblick, weggefegt.

Rebekka sah mich mit weit aufgerissenen Augen an und Samuel lachte lauthals: »Du! Eine Tochter! Du spröde alte Jungfer!« Er schlug mit beiden Händen auf seine Schenkel, als sei etwas unfassbar Komisches geschehen.

»Schluss jetzt!« Meine Stimme zitterte vor Empörung. Was nahm dieser Mann sich heraus? Ich suchte seinen Blick und sah ihm in die Augen. Sekundenlang! Ganz langsam wurde sein Gesicht fahl und seine Kinnlade kippte auf den Brustkorb.

»Wie kommst du zu einem Kind?«, fragte er. Ich wusste nicht, ob Staunen oder Zorn überwog.

»Es ist nun mal so, dass Frauen Kinder bekommen.«

»Aber du. Du bist alt und verschrumpelt, hier ist weit und breit kein Mann zu sehen ...«. Samuel schüttelte ungläubig den Kopf, während Rebekka sich ein Grinsen nicht verkneifen konnte.

»Samuel, hier arbeiten Hunderte Männer auf der Plantage«, versuchte meine Cousine, Samuel auf die Realität hinzuweisen.

»Hier, hier auf der Plantage? Das sind Schwarze, Mexikaner und was weiß ich, aber doch keine Männer ...«

»Mein lieber Samuel«, antwortete ich, ohne mit der Wimper zu zucken, »ich lebe hier nicht am Ende der Welt. Ohne meine gesellschaftlichen Kontakte in Galveston hätte ich kaum die Vorbereitungen für meine dir bereits dargelegten Pläne treffen können. Und im Übrigen dürfte es dir reichen, zu wissen, dass ich eine Tochter habe, für deren Zukunft ich sorgen muss.«

»Aber du kannst sie doch unmöglich bei den Schwarzen aufwachsen lassen«, mischte Rebekka sich ein. »Das Kind verwildert hier!«

»Bisher wurde Marlene von Mary bestens versorgt. Seht doch, wie ungezwungen die Kinder hier aufwachsen!« Mein schlechtes Gewissen wollte ich nicht preisgeben. Ich wusste, dass meine Tochter hier bei mir im Haus hätte wohnen und aufwachsen müssen. Dass ich weder sie noch die Unannehmlichkeiten und Einschränkungen in meinem Alltag akzeptierte, durfte ich nicht gestehen.

»Perla, lass mich die Kleine mitnehmen nach Austin«, flehte Rebekka. »Ein kleines Mädchen kann doch nicht hier, fern der Zivilisation, gedeihen.«

Jedes Mal, wenn Rebekka mich mit ihrer sanften Stimme Perla nannte, übermannten mich zärtliche Erinnerungen an die seltenen kostbaren Momente der Kindheit. Ich musste mich vorsehen, durfte dieser Verlockung nicht nachgeben. Ich war jetzt Pearl und längst kein Mädchen mehr, dem Vorschriften gemacht wurden.

»Du hast sie nicht einmal gesehen, und dennoch willst du deine unerfüllte Mütterlichkeit über sie ergießen?«

»Ein Kind, ein kleines Mädchen!« Rebekka gebärdete sich, als gelte es, ihre eigene Brut zu verteidigen.

»Marlene hat eine schiefe Hüfte und ein Bein ist kürzer als das andere. Sie spricht kein Wort Jiddisch und nennt ihre Amme Mommy. Sie weiß nichts vom Leben außerhalb der Plantage, und die schwarzen Kinder sind ihre Familie.« Ich hoffte, Rebekka von ihrem Ansinnen abzubringen.

Rebekka bettelte mich an, sie zu den Hütten zu begleiten, um wenigstens einen Blick auf das Kind werfen zu können. Samuel war von der Notwendigkeit einer Erziehung im zivilisierten, jüdischen Milieu überzeugt und bereit, das Kind, das den Namen der ehrenwerten Familie Rosenzweig trug, in seine Obhut zu nehmen. Er insistierte solange, bis ich mich geschlagen gab und Sally beauftragte, meine Tochter ins Haus zu holen.

»Du wirst mit uns nach Austin fahren und in einem schönen, großen Haus wohnen, wo du mit David und den anderen Cousins spielen kannst.« Rebekka redete gestikulierend auf Marlene ein, die mit gesenkten Lidern und herabgezogenen Mundwinkeln im Salon vor der aufgereihten Verwandtschaft stand.

»Sie kommt mit!«, bestimmte Samuel. Er behauptete, Rebekka würde ihr eine gute Ersatzmutter sein. In Austin konnte Marlene mit anderen weißen Kindern zusammen die Schule besuchen und später dort in die Gesellschaft eingeführt werden.

Ich nahm an, dass sie Mary und die schwarzen Kinder bald vergessen und sich rasch in der neuen Umgebung einfügen würde.

Marlene schrie, schlug und trat um sich, als Rebekka und Samuel sie in die abfahrbereite Kutsche hievten. David versuchte vergeblich, seine Cousine zu beruhigen, während Mary mit ihren Kindern schluchzend an der Hauswand lehnte und dem kleinen Mädchen einen letzten Gruß zuwinkte. »Madam, Sie können doch Ihr Kind nicht fortgeben. So weit fort!« Mary war außer sich, mir schien, als sei es ihre eigene Tochter, die da auf Reisen geschickt wurde.

Ich spürte eine unsägliche Wut auf Samuel, der über meinen Kopf hinweg entschieden hatte. Und auf Rebekka!

Dass mein Bruder schließlich doch eingewilligt hatte, in mein Projekt zu investieren, erschien mir wie ein mieser Tausch.

Ich bedauerte Mary, die das Kind, dessen Leben sie gerettet, das sie genährt und mit Liebe überschüttet hatte, ziehen lassen musste. »Geh in deine Hütte, Mary!« Ihre Trauer rührte mein Gewissen.

Während der langen Fahrt nach Austin hatte Rebekka auf Marlene eingeredet, freundlich zu der neuen Mommy zu sein, nur dann zu sprechen, wenn sie gefragt würde und ansonsten still zu sitzen. Iljana, glaubten Samuel und Rebekka, müsse das Kind als Geschenk empfinden, ein Mädchen, das sie sich bisher vergeblich gewünscht hatte.

Einige Tage nach Abreise der Mischpoche erreichte mich Rebekkas Brief:

... Auf der vorderen Terrasse hielten Iljana und die Jungen ungeduldig Ausschau nach der Kutsche mit den Heimkehrern. Rebekka wurde sehnsüchtig erwartet, von Iljana, die nicht länger bereit war, die Last des Alltags allein zu tragen, und, aus anderen Gründen, von den Jungen. Die Brüder, die David glühend beneidet hatten, weil er den Vater begleiten durfte, waren gespannt, von den Abenteuern in den Cotton Fields zu hören. Erstaunt beobachteten sie, wie Samuel ein kleines Mädchen aus der Kutsche zerrte und ihm zuredete. David, froh, dem Stillsitzen entronnen zu sein, stürmte seinen Brüdern entgegen, und Samuel ging gemessenen Schrittes auf das Haus zu, während ich das sich sträubende Kind an der Hand hinter mir herzog. Gesenk-

ten Kopfes humpelte Marlene auf Iljana zu und reichte ihr stumm das klebrige, verschwitzte Händchen. Iljana verzog den Mund, als böte sich ihr etwas Ekliges dar, und schob das Kind fort ....

Mit meiner Tochter als Pfand hatte sich Samuel schließlich mit einem Drittel der Gesamtkosten an dem neu zu gründenden Unternehmen beteiligt und für den Bankkredit mit seinem Vermögen gebürgt.

Nach zweijähriger Bauzeit nahm die *Rosenzweig Cotton Mill Ltd.* in unmittelbarer Nachbarschaft der *Cotton Fields* ihren Betrieb auf: Eine Spinnerei und eine Weberei, ausgestattet mit modernsten Maschinen aus England.

Unter den jüdischen, deutschen und irischen Einwanderern befanden sich Männer, die in der industriellen Kammgarnspinnerei und -weberei erfahren waren, und die mein Stellenangebot gleich nach ihrem Eintreffen in Galveston mit Freude und Erleichterung annahmen. Anders als in anderen amerikanischen Staaten waren die Textilfabriken in Texas eine reine Männerdomäne und die texanischen Männer waren Rancher oder Cowboys.

Jeremy, mein einziger Vertrauter, hatte mir ein paar tüchtige Männer für die Leitung der Fabrik vermittelt. Kein einfaches Unterfangen, denn kaum ein Fachmann war bereit, eine Frau als Vorgesetzte zu akzeptieren.

Auch Jeremy hatte sich mit einer beachtlichen Einlage als stiller Gesellschafter an dem Unternehmen beteiligt, denn er besaß den besten Riecher für lohnende Investitionen.

Beinahe unsichtbar verhielt sich Marlene im Haus ihres Onkels. Von der Tante missachtet, von den Cousins als Spielgefährtin für untauglich befunden, zog sich das kleine Mädchen von den Menschen zurück. Auf Iljanas Geheiß hatte Samuel das humpelnde Kind einem Orthopäden vorgestellt, weil so ein kleiner Krüppel eine Schande für die Familie bedeutete.

»Du wirst brav das tun, was der Doktor sagt«, hatte Samuel dem Kind eingeimpft. Doch in dem Moment, als der Arzt das Mädchen aufforderte, sich auf den Untersuchungstisch zu legen, schrie Marlene auf, wehrte sich mit Händen und Füßen und kratzte den Arzt mit ihren langen Fingernägeln ins Gesicht. Erst als der Doktor dem Mädchen mit einer Chloroform-Maske Mund und Nase verschloss, sackte es schlaff zusammen.

»Eine Operation ist nicht möglich.« Der Arzt schüttelte den Kopf, gerade so, als deute er ein Bedauern an. »Die Kleine ist eine Wilde. Wieso lebt sie in Ihrer Familie?«

Samuel schämte sich, wie er später Rebekka gegenüber gestand. »Ein Findelkind. Meine Schwester hatte Mitleid, als es auf der Plantage gefunden wurde. Sie wollte das Beste für die Kleine und schickte sie hierher, damit sie in einer ordentlichen Familie aufwächst.«

In den ersten Tagen nach ihrer Ankunft, hatte Marlene mehrfach weinend nach ihrer Mommy gefragt, und jedes Mal erhielt sie die Antwort: »Du hast keine Mommmy.«

Entgegen Samuels Hoffnung, Iljana würde das Mädchen als ihr eigenes aufnehmen, hatte seine Frau sich geweigert, das Kind auch nur anzuschauen. Sie sei die Mommy ihrer Söhne, nicht aber von dem kleinen Bastard, den Samuel leichtfertigerweise ins Haus gebracht hatte. So war schließlich die Lüge vom armen Findelkind geboren.

Nur David richtete hin und wieder, wenn kein anderer mit ihm spielte, ein paar Worte an Marlene, die ihrem Cousin einen flüchtigen Blick schenkte und sich dann wieder abwandte.

Wenn sie unbeobachtet waren, strich Rebekka dem Mädchen über den Kopf, tätschelte seine Wangen und flüsterte: »Armes Ding.« Rebekka schützte das Kind, indem sie ihm ihre offene Zuneigung nur heimlich zeigte. So verhinderte sie, dass Iljana das Kind dafür mit weiteren Boshaftigkeiten bestrafte.

Mit sechs Jahren wurde Marlene in die örtliche Volksschule eingeschult, obwohl die Lehrer die Auffassung vertraten, das Kind sei begriffsstutzig. Angesehenen Leuten wie den Rosenzweigs gegenüber drückten sie sich vorsichtig aus. Hinter vorgehaltener Hand hieß es, Marlene sei geisteskrank. Das Kind sprach nicht, und Aufforderungen zum Vorlesen kam es nicht nach, sondern wirkte, als hätte es die Aufgabe nicht verstanden. Umso überraschter zeigten sich die Lehrer, als Marlene sich bald als wesentlich begabter erwies als ihre Mitschülerinnen. Samuel verschwieg diese Neuigkeit, denn er ahnte, dass sie Iljana nicht gefallen würde.

Marlene ist ein ruhiges Kind. Sie hat sich eingelebt und sich den Verhältnissen angepasst. Wie gut, dass so ein kleines Kind rasch vergisst. Wir haben ihr erzählt, sie sei ein Findelkind, das jemand auf der Plantage ausgesetzt habe. Samuel und Iljana hätten sie in unserer Familie aufgenommen. Sie wird zur Dankbarkeit erzogen und uns später, wenn wir der Unterstützung bedürfen, ihre Hilfe angedeihen lassen. Sei unbesorgt, deine Tochter ist hier in guten Händen.

Rebekkas Brief diente eher der eigenen Entlastung, denn ich verschwendete längst keinen Gedanken mehr an mein Kind. Aber Sally freute sich über dieses Lebenszeichen und lief gleich zu Mary, um ihr zu berichten.

Mary schüttelte den Kopf. »Nein, Marlene ist kein ruhiges Kind.« Eine große Träne kullerte über ihre Wange.

Die Nachrichten aus Europa verhießen nichts Gutes. Erst schrieb mein Bruder aus Berlin voller Euphorie, der Krieg werde sein Geschäft ankurbeln, die Uniformproduktion sei in vollem Gange. Er habe auf Dreischichtbetrieb umgestellt und noch etliche Frauen, die in Heimarbeit tätig waren, mit Aufträgen versorgt. Die Söhne habe er zu Verwandten in die Eifel geschickt und seine Frau bereite das Ferienhaus auf irgendeiner Insel in der Ostsee für einen längeren Aufenthalt vor. Später erfuhr ich, dass unser Berliner Bruder an die Front geschickt worden war, obwohl er die Vierzig bereits überschritten hatte.

Samuel meinte, wir müssten der Berliner Familie helfen. Ehrlich gesagt, interessierte mich dieser Bruder, den ich zuletzt als Kleinkind gesehen und der nie nach mir geforscht hatte, wenig. Und Samuels Ansinnen, die Berliner zu unterstützen, blieb ebenso reine Rhetorik wie die meisten seiner anderen Ideen auch.

Der Krieg hatte inzwischen auch von den Weltmeeren Besitz ergriffen und die Handelsschifffahrt kam nach und nach zum Erliegen.

»Wir hatten den richtigen Riecher«, erklärte Jeremy stolz. Auf den Umsatz zu verweisen, war nicht erforderlich, denn die Zahlen sprachen für sich. Angesichts der fehlenden Exportmöglichkeiten lieferten sämtliche Baumwollplantagen Texas' ihre Ernte zur Weiterverarbeitung an die *Rosenzweig Cotton Mill Ltd*. Innerhalb kürzester Zeit hatte ich einen Erweiterungsbau für die Weberei errichten lassen und das Personal verdoppelt. Wir produzierten Tag und Nacht und profitierten vom kriegsbedingten Textilbedarf. Samuel hatte sich auf die Herstellung von Unterwäsche spezialisiert und ebenfalls seine Fabrik vergrößert.

»Du solltest dir ein Automobil zulegen«, empfahl Jeremy und zeigte mir Hochglanzprospekte des neuen Chevrolet *Baby Grand*. Mit einem eigenen Fahrzeug sei ich unabhängig, könne jederzeit nach Galveston fahren, die Teegesellschaften besuchen und auch dann Dinner-Einladungen wahrnehmen, wenn kein Kutscher oder Chauffeur zur Verfügung stand.

»Du hast hart gearbeitet in den letzten Jahren, dein Konto wird kaum schrumpfen, wenn du dir diese Kleinigkeit gönnst.« Jeremy war Feuer und Flamme, er liebte Automobile und genoss den Fahrtwind sichtlich, wenn er mit hoher Geschwindigkeit durch die für Pferdegespanne ausgelegten Straßen brauste. Anders als zu Pferd machte er im Fahrzeug eine gute Figur.

Ich gab mich geschlagen! Jeremy hatte mir eingeredet, dass jeder, der in kürzester Zeit das Reiten gelernt habe, auch in der Lage sei, ein Automobil zu steuern. Mit einer restlichen Portion Skepsis, die sich in Händezittern äußerte, ließ ich mich von Jeremy nach Galveston in die Twentythird Street chauffieren, wo ein Automobilhändler sein Ladengeschäft unterhielt. Als sei der Kauf bereits beschlossene Sache, steuerte Jeremy zunächst die *Bank of America* am Broadway an, damit ich mir die Kaufsumme aushändigen ließe. Ich fing den fragenden Blick des Bankangestellten auf und überlegte kurz, ob ich mein Vorhaben preisgeben sollte. Als Frau erregte ich Aufsehen, wenn ich in Männerdomänen eindrang, obwohl jeder in der Stadt wusste, dass mir eine Plantage und eine Fabrik im County gehörten. Ohne weitere Begründung ließ ich mir die geforderte Summe auszahlen, bat den Angestellten, die Scheine vor meinen Augen zu zählen und sie in ein Kuvert zu stecken.

»Sehr zu Ihren Diensten, Madam«, begrüßte mich Mr. Miller, der Inhaber des Automobilgeschäfts, und ebenfalls Besucher des *Garten Vereins*. Wir waren einander zwar dort begegnet, hatten aber in Ermangelung gemeinsamer Interessen keinen engeren Kontakt gepflegt.

Miller bot mir seinen Arm, führte mich in den Ausstellungsraum und steuerte geradewegs auf den weißen Wagen zu, den Jeremy mir im Prospekt gezeigt hatte: den *Chevrolet Baby Grand*.

»Steigen Sie ein, Madam.« Miller griff die Messingklinke und öffnete die Wagentür. Entzückt von den roten Ledersitzen, dem glänzenden Lenkrad und der Konsole aus dunklem Ebenholz, spürte ich eine deutliche Röte in meinen Wangen aufsteigen. Rasch senkte ich den Blick, zog mein Schultertuch vorsichtig über die Brust, um wenigstens die roten Flecken am Dekolleté zu verbergen, und schwang mich auf den Fahrersitz.

Das *White Baby* ließ sich in der Tat leichter steuern als das Pferd, das ich zwar reiten, aber nicht wirklich beherrschen konnte. Das Automobil wies deutlich weniger Widerstandspotenzial auf, und die Aufmerksamkeit, die mir als Fahrerin zuteilwurde, erschien mir angenehmer als jene, die ich bei den ersten Ritten über unsere Felder erfahren hatte. Rasch entwickelte ich Zuneigung zu meinem schnittigen Wagen, der mich unabhängig machte und mir ermöglichte, nach Lust und Laune die Plantage zu verlassen und auf einen Kaffee nach Galveston zu fahren. Heimlich und mit großer Freude besuchte ich den *Galveston Electric Park,* wo allerlei Vergnügungen geboten wurden, wild schaukelnde Karussells, ein Riesenrad und sogar eine Art Badeanstalt. Ich hatte mir einen Badeanzug zugelegt und genoss es, mich unter den ungläubigen Blicken der halbwüchsigen Knaben in die Wellen zu stürzen. Hier kannte mich niemand, in den wenigen Stunden fühlte ich mich frei und ungezwungen.

Der Kontakt zur deutschen Mischpoche war Anfang 1917 abgerissen. Jeremy vermutete, dass die Post entweder von unserer Regierung oder im Reich abgefangen wurde. Die Deutschen waren so vermessen gewesen, mittels einer geheimen Depesche zu versuchen, Mexiko ein Bündnisangebot zu unterbreiten. Darin stachelten sie das mittelamerikanische Land an, Texas, Arizona und New Mexiko zurückzuerobern. Glücklicherweise wurde dieses *Geheime Telegramm* von den Briten abgefangen, sodass es seinen Adressaten nicht erreichte.

Ein entsprechender Artikel in der *New York Times* sorgte für Aufregung beim Bund der Geschäftsleute in Galveston. Jeremy nahm täglich an den Sitzungen teil und informierte mich umgehend über den Stand der Erkenntnisse. Die Farmer, die mexikanische Landarbeiter beschäftigten, vertraten die Auffassung, Mexiko werde sich hüten, uns anzugreifen. Andere befürchteten, die Latinos auf unseren Plantagen könnten sich von der gegen Texas gerichteten Stimmung aufwiegeln lassen und einen Aufstand anzetteln. Trotz Jeremys Beschwichtigungsversuchen fürchtete ich um den Besitz, den ich in mühevoller Arbeit aufgebaut hatte. Sollte sich das Blatt nun wenden, nachdem wir bisher vom Krieg profitiert hatten?

Dass die USA schließlich Deutschland den Krieg erklärten, wurde im *Garten Verein* kontrovers diskutiert. Die antideutsche Haltung verbreitete sich bis ins letzte Nest der Vereinigten Staaten, nachdem amerikanische Staatsbürger durch deutsche U-Boot-Angriffe ums Leben gekommen waren. Viele der deutschstämmigen Texaner fühlten sich zu Unrecht verunglimpft. Manche hatten Familienangehörige in Deutschland, und die Aussicht, schlimmstenfalls auf ehemalige Landsleute schießen zu müssen, erschwerte eine eindeutige Positionierung.

Geschäftsleute und Industrielle beurteilten den Kriegseintritt positiv, einerseits kurbelte er die Wirtschaft weiter an, andererseits würde Amerikas Ansehen in der Welt steigen.

Samuel fühlte sich in Austin einigermaßen sicher, aber auch er fürchtete um unsere Plantage und Fabrik. »Mexiko ist nur einen Steinwurf entfernt und deutsche U-Boote könnten vor Galveston gelangen.« Er lamentierte über das Schicksal unseres Bruders in Berlin, über drohende Verluste und über die Ungewissheit. Von mir ließ er sich natürlich nicht beruhigen. Ich war überzeugt, dass deutsche Kriegsschiffe oder U-Boote niemals unseren Kontinent erreichen würden. Das war ein Irrtum, den Samuel mir zeitlebens vorhielt, obwohl niemand zu Schaden kam, als im letzten Kriegssommer ein U-Boot Orleans in Massachusetts torpedierte.

Die *Cotton-Farmer-Association* hatte ihre Mitglieder zur Versammlung ins Hotel Galvez geladen. Nach wie vor war ich die einzige Frau dort, was mir den Vorzug einbrachte, in Begleitung erscheinen zu dürfen. In männlicher Begleitung natürlich. Im Gegensatz zu mir liebte Jeremy diese öffentlichen Auftritte und er nahm seine Rolle ernst. Er verfolgte die Debatten mit größter Aufmerksamkeit, achtete auf die Argumente der unterschiedlichen Lager und notierte die

Zahlen, ohne selbst das Wort zu ergreifen. Dazu würde er später beim Dinner reichlich Gelegenheit haben.

Nach Stunden in der stickigen, rauchgeschwängerten Luft konnte ich mich kaum mehr konzentrieren. Je länger ich durch das Fenster auf den Ozean blickte, umso unbändiger breitete sich in mir das Bedürfnis nach frischer Luft aus. Mein Atem stockte und an meinen Beinen kribbelten tausend Ameisen. Ich tippte Jeremy an und schüttelte unmerklich den Kopf. Er legte die Hand auf meinen Arm und deutete ein Nicken an. Sämtliche Blicke waren auf mich gerichtet, als ich den Raum verließ.

Erschöpft lehnte ich an der schattigen Terrassenwand. Mit geschlossenen Augen lauschte ich dem Plätschern der Wellen. Dem Gemurmel der Ausflügler, die von hier aus den besten Blick über den Golf zu erhaschen hofften, schenkte ich keine Bedeutung.

»Eine schöne Frau, eine mit Chuzpe ...« Diese Stimme! Britisches Englisch! Von einer Sekunde zur nächsten war ich hellwach. Ich riss die Augen auf und wandte meinen Kopf in die Richtung, aus der ich die Stimme vernommen hatte.

»Ted!«

Mein Schrei hallte über die Terrasse. Als hätte meine schrille Stimme die Luft zerschnitten, hielten die Gäste inne und starrten mich an. Langsam lösten sich zwei Gestalten aus der Menge. Gemächlichen Schritts kam Ted in Begleitung eines jungen Mannes auf mich zu. »Perla! Perla, du bist wirklich hier!« Seine blauen Augen strahlten.

»Verzeihung«, stotterte ich. »So eine Überraschung ...« Mit beiden Händen umklammerte ich den

Griff meines Sonnenschirms, ohne den Blick von Ted zu wenden.

»Das ist Edward, mein Sohn. Ich wollte ihn schon viel früher dorthin führen, wo ich als junger Mann am Bau der Eisenbahn beteiligt war, aber der Krieg ... Perla, ich habe dich gesucht. In all den Jahren gab es keinen Tag, an dem ich nicht an dich gedacht hätte.«

Ted redete in einem fort, verfiel in ein radebrechendes Portugiesisch, als er die Jahre in Rio Grande do Sul Revue passieren ließ. Mit weichen Knien und klopfendem Herzen stand ich stumm vor ihm, wie ein kleines Mädchen, das einem wundervollen Märchen lauscht. Ich hoffte inständig, dass keiner der Umstehenden Portugiesisch verstand.

Unterdessen war die Konferenz beendet und Jeremy trat zu uns. »Pearl, wer sind diese Männer?« Seine Stimme klang ungewohnt scharf. Er legte den Arm um meine Schultern, als sei ich sein Eigentum. Ich sah ihm in die Augen, straffte mich und sagte: »Alles in Ordnung. Das ist Ted, ein alter Freund, er bereist den Kontinent mit seinem Sohn. Ein unglaublicher Zufall – wir waren zur selben Zeit am selben Ort.«

Ted reichte Jeremy die Hand. »Hallo, ich bin Ted.« Dass Ted britisches Englisch sprach, schien Jeremy zu verwirren.

Niemand in Texas kannte meine Vergangenheit, und so sollte das auch bleiben. Ich musste Ted schleunigst Einhalt gebieten, ihn ablenken.

»Du sprichst Portugiesisch?« Jeremy ließ nicht locker. »Mit einem Briten?«

»Ach – ich habe mehrere Sprachen gelernt und das Portugiesische war einfach ein gemeinsames Hobby von Ted und mir.«

»Der Herr Gemahl?« Die Unbeschwertheit war aus Teds Haltung verschwunden.

Ohne auf Jeremy zu achten, ergriff ich das Wort. »Jeremy ist Teilhaber meiner *Factory*, es gibt keinen *Herrn Gemahl*.«

»Unsere letzte Begegnung liegt gut zwanzig Jahre zurück. Wie ist es dir ergangen in all den Jahren, Perla?«

Ich plauderte drauflos und erzählte das, was Jeremy ohnehin bekannt war. Ich sprach von der Baumwollplantage, die unter meiner Ägide zu einer der größten und modernsten in Texas herangewachsen war, von der Spinnerei und der Weberei, die ich mit Jeremys Unterstützung aufgebaut hatte. Ich betonte, dass ich nie geheiratet hatte, und mit Vergnügen hier unten im Süden lebte in angenehmer Nähe zu Galveston. Je mehr ich schwatzte, umso ruhiger wurde ich, meine Nervosität verschwand, meine Contenance fand sich wieder ein.

»Schöne Frau mit Chuzpe, ich wusste es schon immer …« Ted schmunzelte. Im letzten Moment unterdrückte ich einen verschwörerischen Blick, den ich Ted wie in alten Zeiten zuwerfen wollte.

»Es wird Zeit, aufzubrechen!« Jeremy trat von einem Fuß auf den andern und griff meinen Ellenbogen. Offensichtlich war es ihm unangenehm, dass ich mit zwei unbekannten Männern plauderte.

Ich versetzte ihm einen diskreten Stoß in die Rippen. Es fiel mir schwer, meine Wut zu zügeln. Dass Jeremy versuchte, mich zum Aufbruch zu drängen, hatte ich noch nie erlebt. Ich fand sein Verhalten absolut indiskutabel. Zu einem offenen Affront durfte ich es hier und jetzt nicht kommen lassen, aber er würde mir auch nicht ungeschoren davonkommen.

»Ted, ich bedauere, wir müssen tatsächlich aufbrechen.«

»Sehen wir uns wieder? Ich würde gern deine Plantage und deine Fabrik besichtigen, mein Sohn interessiert sich für die Textilwirtschaft.«

»Natürlich. Wie lange bleibt ihr hier?«

Bevor er antworten und ich nach seinem Quartier fragen konnte, schaltete sich Jeremy ein: »Wir werden sehen, was sich einrichten lässt. Bedenken Sie, dass die Straßen hinaus aufs Land unbefestigt sind. Die Droschkenfahrt ist nicht immer vergnüglich.«

Ted beantwortete diese offen unhöfliche Aussage mit einem breiten Grinsen und verzichtete auf weitere Erklärungen. Nein, Jeremy musste nichts über Teds Tätigkeit im Eisenbahnbau wissen. Und ich würde Mittel und Wege finden, Ted wiederzusehen. Allein!

Jeremy begleitete mich schweigend zu meinem Wagen, den ich unweit des Hotels geparkt hatte. Ohne seine Abschiedsworte zu erwidern, setzte ich mich ans Steuer und machte mich voller Wut auf den Heimweg. Ich würde diesen Auftritt nicht auf sich beruhen lassen. Jeremy brauchte mich ebenso wie ich ihn. Oder mehr sogar. Seitdem wir in der Öffentlichkeit als Paar wahrgenommen wurden, waren die Gerüchte um seine sexuellen Vorlieben verstummt. Ich wusste nicht, wo er seinen Neigungen nachging, ich wusste nicht einmal, ob er einen festen Liebhaber hat, oder ob er sich die entsprechenden Dienste erkaufte. Und ich erwartete, dass er sich mir gegenüber ebenso fair verhielt: Meine Intimsphäre ging ihn nichts an, und meine Vergangenheit ebenso wenig.

Beim Auskleiden rutschte ein zusammengefalteter Zettel aus meiner Schoßtasche. Ich strich ihn glatt und erblickte die vertraute Handschrift. *Galvez Hotel, Zimmer 113, ich erwarte dich.*

Aller Erschöpfung zum Trotz war an Einschlafen nicht zu denken. Ich wusste nicht, was mich mehr aufbrachte: Teds plötzliches Erscheinen oder Jeremys Verhalten. Und mein Auftritt auf der Terrasse war nicht angetan, meinen Ruf in der *Community* zu stabilisieren. Ich war eine Frau. Frauen galten als launisch, hysterisch und taten gut daran, einen vernünftigen Mann an ihrer Seite zu haben. Ich fürchtete, einen Teil meiner so zuverlässigen und hilfreichen Maskerade verloren zu haben. Konnte ich es mir leisten, nun auch noch Jeremy zu verlieren? Jeremy, den Strategen, den Spezialisten! Die einzige persönliche Äußerung mir gegenüber war sein Eingeständnis, dass er dem weiblichen Geschlecht nicht hold sei. Im Geschäftlichen und auf dem Parkett ergänzten wir uns in höflicher Distanz. Was hatte ihn veranlasst, so überreizt auf Ted zu reagieren? Das musste ich herausfinden.

Trotz der sommerlichen Hitze hatte ich für das Treffen am nächsten Tag ein dunkles Leinenkostüm mit hochgeschlossenem Kragen und mein modisches Hütchen mit nach unten laufender Krempe gewählt. Meine Rechnung ging auf: Der Concierge begegnete mir mit gebührlichem

Respekt – auch ohne männliche Begleitung – und erfüllte mein Begehren, den Gast von Zimmer 113 unverzüglich in die Lobby zu bitten.

»Du hast nach mir gesucht?«, fragte ich Ted. Wir standen uns im Foyer gegenüber und jegliche Unbefangenheit, die zu jener Zeit unseren Umgang miteinander auszeichnete, hatte sich in Luft aufgelöst.

»Tja ...« Auch Ted suchte nach den passenden Worten. Hier konnten wir nicht miteinander reden, ohne Aufmerksamkeit auf uns zu ziehen. Ebenso wenig hätten wir einen Spaziergang zu zweit unternehmen können. Beseelt von der Aussicht, Ted wiederzusehen, hatte ich keinen Gedanken an einen geeigneten Ort für unser Treffen verschwendet.

»Bitte entschuldige, ich bin sonst nicht so konfus.« Ich wusste nicht, ob Ted mit den strengen Konventionen in Texas vertraut war.

»*Schöne Frau mit Chuzpe*, habe ich doch immer gesagt.« Er lächelte. In seinen Augen lag eine Spur von Begehren. Als läge kein Vierteljahrhundert zwischen unseren Begegnungen, fühlte ich in mir eine erwartungsvolle Wärme aufsteigen, ein Sehnen und den Wunsch, mit Ted allein zu sein, in seinen Armen zu liegen und das unsichtbare Korsett, das mich seit meiner Ankunft in Texas einschnürte, abzuwerfen.

»Du wolltest meine Plantage und die Fabrik besichtigen. Nimm eine Droschke und lass dich zu den *Rosenzweig Cotton Mill Ltd.* fahren. Ich werde dich erwarten.«

»Und du?«

»Ich nehme meinen Wagen.«

Zu Hause angekommen, entledigte ich mich des dunklen Kostüms und tauschte es gegen ein kurzärmliges, naturweißes Baumwollkleid. Sechs Perlmuttknöpfe verschlossen vorn das leicht ausgeschnittene Oberteil. Ich löste die am Hinterkopf zusammengesteckten, immer noch tiefschwarzen Haare, bürstete sie kräftig durch und ließ sie über die Schultern fallen. Zuletzt warf ich einen prüfenden Blick in den Spiegel, da vernahm ich schon das Geräusch der eintreffenden Droschke. Barfuß lief ich die Stufen hinab, öffnete die Haustür und rief Ted zu: »Komm ins Haus!«

Ted blieb regungslos stehen, hielt die gefalteten Hände vor dem Mund und schüttelte den Kopf. »Perla!« Er sah mich an, als könne er seinen Augen nicht trauen.

»Lass uns auf unser Wiedersehen trinken.« Mit einer Handbewegung lud ich ihn ein, ins Haus zu kommen.

Bedächtig näherte er sich Schritt für Schritt, hielt auf der Schwelle inne, schüttelte erneut den Kopf und berührte fast schüchtern meinen Arm. »Du Schöne! Lady! Mädchen!«

Mir war, als schwebe ich und spüre gleichzeitig festen Boden unter den Füßen. Mit Ted war ein Teil von mir zurückgekehrt, der mir noch vor der Einschiffung in Porto Alegre abhandengekommen war.

Die vom Verstand gesteuerte Marionette zerfiel in Späne, die giftzahnige Ratte traf der Schlag und die eiserne Klammer um mein Herz verwitterte. Innerhalb weniger Augenblicke vollzog sich eine Metamorphose. Meine Haut kribbelte und ich lachte schallend vor Glück. Die Welt bestand nur noch aus Ted und mir.

»Diesen Augenblick sehne ich seit Jahren herbei, ohne je geglaubt zu haben, dass sich mein Traum erfüllen würde«, gestand Ted und begann ebenfalls zu lachen. Ich zog ihn fort von der Schwelle, schloss die Tür und eilte voraus ins *Office*.

»Hier sind wir ungestört, niemand betritt diesen Raum. Früher habe ich hier die Büroarbeit erledigt, jetzt sitze ich hier, wenn ich für mich sein möchte.«

Hinter der Tür stand noch immer die Chaiselongue, auf der Diego und ich einen kurzen Sommer lang unsere Leidenschaft gelebt hatten. Rasch verscheuchte ich diese Erinnerung, bevor sie den Zauber des Augenblicks zerstören konnte. Einen anderen Sitzplatz gab es nicht, sodass Ted sich auf der Liege niederlassen musste, während ich den Vorhang zur Porch zuzog.

»Ein *Ninho de Amor* ist das offensichtlich nicht.« Ted grinste. Ich fühlte mich ertappt! Nein, Ted konnte keine Gedanken lesen, und er hatte recht: Trotz Chaiselongue entbehrte mein Büro jeglicher Romantik oder Erotik.

»In diesem Raum habe ich die besten Stunden meines Lebens verbracht.« Auf Teds fragenden Blick ergänzte ich: »Ich habe hart gearbeitet, Stunden, Tage und Wochen an Berechnungen und Plänen gesessen. Hier, in diesem *Office*. Alles was du ringsum siehst, die Plantage in ihrer jetzigen Form, die Fabrik, die Arbeitersiedlung – alles ist hier entstanden.«

Ted nickte, sah mich an und trat einen Schritt vor. In seinen Augen erkannte ich jenes vertraute Funkeln, mit dem er mich schon damals verzaubert hatte. Ted war immer besonders gewesen, der einzige Mensch, der mich geliebt und geachtet hatte.

Was dann geschah, bedurfte keiner weiteren Worte. Jahrzehnte aufgestauter Sehnsucht entluden sich. Gehüllt in die vertraute nächtliche Hitze, flüsterten wir einander zu, was in den Jahrzehnten unseres Getrenntseins geschehen war.

»Ich hätte dich mitnehmen sollen, in England wären wir glücklich geworden, ein Paar wie viele andere auch.« Teds Äußerung überraschte mich. War er so naiv? Glaubte er wirklich, ein zur südbrasilianischen Puffmutter mutiertes jüdisches Mädchen aus Russland hätte sich zu einer britischen Lady entwickeln können? Wäre imstande gewesen sich dieser verschlossenen Noblesse im kalten, regnerischen England unterzuordnen? Eine kleine Hafendirne mit Leitungsfunktion – wie hätte er mich in seiner Heimat einführen können? Das fragte ich mich heute. Damals wäre ich Ted sicher nicht gefolgt, denn mein Ziel war die Freiheit gewesen. Seit meiner Ankunft in Texas hatte ich mir verboten, über die Vergangenheit zu grübeln, herauszufinden, ob es ein Fehler gewesen war, Vater und meine Brüder zu verlassen, um Zvi, zu folgen.

Ob Jeremy einen *legitimen Anspruch* an mich geltend machen könne, wollte Ted wissen. Ich brauchte eine Weile, bis ich seine Frage verstand. »Jeremy ist mit einem kleinen Teil des Kapitals an meiner Fabrik beteiligt, er hat gute Ideen und steht mir in geschäftlichen Angelegenheiten zur Seite. Als Frau allein würde mir weder Zugang zu den Clubs noch zu den Gesellschaften gewährt. Und Jeremy bedarf einer Frau an seiner Seite. Ein unverheirateter Mann erregt in diesen Breiten Aufsehen.«

Ted sah mich fragend an. »Er ist ein Urning«, erläuterte ich, was bei Ted einen Heiterkeitsausbruch hervorrief. »Ach, das beruhigt mich außerordentlich!«

Die ersten Sonnenstrahlen lugten bereits am Horizont hervor, als wir eng aneinander geschmiegt in einen traumlosen Schlaf sanken.

»Willst du am Nachmittag mit deinem Sohn herkommen und die Company besichtigen?«, fragte ich. So sehr ich mir wünschte, er könne hierbleiben, so sicher war ich, dass er die Reise mit seinem Sohn fortsetzen würde. Ich hätte gerne den Zauber der vergangenen Nacht eingefangen, doch ich wusste, dass allein der Gedanke daran sein Ende heraufbeschwören würde.

Ich hatte überlegt, Ted und seinen Sohn zuerst über die Felder und in die angrenzende Halle mit der *Cotton Gin* zu führen, doch in der Mittagshitze wollte ich ihnen den Ritt nicht zumuten.

Die Meister der beiden Produktionsbereiche führten die beiden Besucher durch die Hallen. Die Spinnerei mit ihren modernen *Selfactors* rief bei ihnen großes Staunen hervor. Obwohl sie aus der Heimat der Textilindustrie stammten, hatten sie sich bislang keine Gedanken über die Herstellung ihrer Bekleidung gemacht. Die automatischen Schützenwebstühle mit Trommelmagazin, die ich vor wenigen Jahren aus England erworben hatte, waren nicht vergleichbar mit den altbekannten Webstühlen. Ted erinnerte sich, dass seine Mutter vor vielen Jahren einen solchen besessen hatte.

Am frühen Abend, als die Temperaturen erträglich wurden, ritten wir hinaus auf die Felder. Ich hatte dem Jungen den alterslahmen Gaul, der bei uns sein Gnadenbrot erhielt, zur Verfügung gestellt. Teds Sohn saß offensichtlich zum ersten Mal im Leben auf einem Pferd, wie seine verkrampfte Haltung erahnen ließ.

Ich zähmte meinen Übermut und zwang mein Pferd zum gemächlichen Trab, um die beiden Gentlemen nicht in Verlegenheit zu bringen, denn auch Ted war kein geübter Reiter.

»Morgen geht es weiter«, flüsterte mir Ted zu. »Wir haben einen weiten Weg vor uns.« Ich nickte.

»Ich will meinem Sohn die lateinamerikanischen Eisenbahnstrecken zeigen und unten, in Rio Grande do Sul, soll er sich anschauen, was sein Vater als Ingenieur der Britischen Eisenbahnbaugesellschaft geleistet hat.« Stolz und Nostalgie sprachen aus Ted, und er strahlte freudige Erwartung aus.

Die Arbeit der Baumwollpflücker schien Ted weit weniger zu interessieren als die Fabriken. Selbst als ich ihm die anstrengenden Abläufe bei der Ernte, die harte Arbeit der Pflücker und die wetterbedingten Gefahren erläuterte, sah ich kein Zeichen der Begeisterung. Dass ich diejenige war, die die Plantage zu dem gemacht hatte, was sie nun war, passte augenscheinlich nicht in das Bild, das er in seiner Erinnerung von mir trug. Schweigend ritten wir den Rest des Weges und kehrten zurück zum Haus.

»Zehn, elf Monate schätze ich, werden wir unterwegs sein. Zeit genug, den Jungen mit dem Gedanken vertraut zu machen, dass er allein nach England zurückkehren wird.«

Ted hatte gewartet, bis sein Sohn in der Droschke saß, um sich von mir zu verabschieden. Seine Äußerung verwirrte mich, ich musste irgendetwas missverstanden haben. Ich spürte Tränen in meinen Augen aufsteigen.

»Ich habe ihm diese Reise versprochen, aber was sind zehn, zwölf Monate gegen fünfundzwanzig Jahre des Wartens?«

Bedeutete das, dass Ted zurückkehren würde? Fragend sah ich ihn an.

»Ich komme wieder und bleibe bei dir bis ans Ende meiner Tage.« Ein Blick in die Droschke zeigte seinen Sohn und den Fahrer ins Gespräch vertieft. Ted zog mich an sich, küsste mich und flüsterte: »Bis bald, meine Liebste.«

Jeremy knallte die Mappe mit den Protokollen auf meinen Schreibtisch, setzte sich rittlings wie ein Cowboy auf den Stuhl und starrte mich mit zusammengekniffenen Lippen an. Mein Vorhaben, sein Verhalten Ted und mir gegenüber zu erwähnen und ruhig klarzustellen, dass ich künftig so etwas nicht mehr hinnehmen werde, wandelte sich in kalte Wut.

»Ich hatte dich nicht aufgefordert, Platz zu nehmen! Wo sind deine Umgangsformen geblieben, Gentleman?« Ich sprach leise und artikuliert, ohne eine Miene zu verziehen, griff wortlos nach der Mappe und verstaute sie in der Schreibtischschublade, als würde mich der Inhalt nicht interessieren.

»Du hast dich aufgeführt wie eine Nutte! Ganz Galveston konnte zusehen, wie du dich diesem Briten an den Hals geworfen hast! Wie konntest du mich so bloßstellen? Mir in aller Öffentlichkeit Hörner aufsetzen! Ich gebe dir genau zehn Tage für die Rückzahlung meines Kapitals! Und künftig wirst du deine Interessen bei der *Association* selbst vertreten und die ach so schlechte Luft bei den Versammlungen einatmen müssen!«

Jeremy schrie, ruderte mit den Armen, und ignorierte die Schweißperlen auf seiner geröteten Stirn. Ich hoffte, er werde mir keine Scherereien bereiten, indem er vor Aufregung tot vom Stuhl fiele – obwohl es genau das war, was ich in diesem Augenblick insgeheim wünschte: Der Kerl sollte aus meinem Leben verschwinden.

Langsam dämmerte mir, dass er seine Einlage in die *Company* ausgezahlt haben wollte. Er wusste genauso gut wie ich, dass sämtliches Kapital investiert worden war. Er wollte mich also treffen, richtig böse treffen.

»Wie hoch war deine Einlage nochmal?« Ich zwang mich zur Ruhe, lehnte mich zurück und sah ihm in die Augen. Er hielt meinem Blick nicht stand und schloss die Lider, um kurz darauf erneut die Stimme zu erheben: »Du weißt genau wie hoch die Einlage ist!«

»Zehn Tage also. Ich gebe dir dreißig Minuten, um deinen Schreibtisch zu räumen. Deine persönlichen Dinge dürften in einen kleinen Karton passen, die beiden Geschäftsführer werden dich begleiten und die Unterlagen sowie sämtliche Firmenschlüssel in Empfang nehmen. Dein Scheck wird in zehn Tagen um elf Uhr hier bereitliegen.«

Jeremys Mund stand noch offen, als ich mit meinen Ausführungen zu Ende gekommen war. Wie ein Fisch nach Luft schnappend, saß er mir gegenüber und machte keinerlei Anstalten, sich zu erheben. Unfreiwillig amüsierte mich diese groteske Situation, wenngleich ich keine Ahnung hatte, wie ich so schnell fünfzigtausend Dollar beschaffen sollte.

Ich würde Samuel um Unterstützung bitten müssen.

Meine Ersuchen musste im Haus meines Bruders für größte Aufregung gesorgt haben, wie Rebekka mir in einem Brief berichtete:

... Samuel saß noch beim Frühstück, als ein Bote an die Tür der Villa klopfte, um das Telegramm zuzustellen, das der Hausherr persönlich quittieren musste. Unwirsch erhob Samuel sich und folgte dem Dienstmädchen zur Haustür.

Iljana und ich sahen uns fragend an: Ein Telegramm konnte nichts Gutes bedeuten.

»Benötige unverzüglich 50.000 Dollar. Pearl«. Nachdem Samuel den Inhalt vorgelesen hatte, begann er zu zetern: »Ich wusste doch, dass der Laden über kurz oder lang pleitegehen würde ...«

Ich fasste mich als Erste: »Was ist denn geschehen?«

»Sie will Geld haben, einen Haufen Geld!« Samuel schüttelte den Kopf. Dass seine Schwester es überhaupt wagte, von ihm Geld zu verlangen, beleidigte ihn zutiefst. Er verschwendete keinen Gedanken daran, dass sich die heruntergewirt-

schaftete Baumwollplantage unter deiner Leitung zu einem florierenden Unternehmen entwickelt hatte, dessen Gewinne zum größten Teil in seine Tasche flossen. Mit versteinerter Miene griff er seinen Gehrock und verließ das Haus.

»Pearl macht nichts als Ärger. Hätte Samuel sie damals dort gelassen, wo der Pfeffer wächst und sich stattdessen um mich gekümmert ...«, jammerte Iljana.

»... dann würde euch jedes Jahr ein hübsches Sümmchen entgehen«, unterbrach ich sie.

Iljana, die keine Widersprüche duldete, ärgerte sich über die Vehemenz, mit der ich für dich eintrat.

»Du hattest nichts Besseres zu tun, als diesen krüppeligen Bastard hier anzuschleppen!«

Ich erinnerte mich an Iljanas Wehklagen, nur Söhne auf die Welt gebracht zu haben.

»Marlene ist Pearls Tochter und Samuels Nichte! In Galveston war sie ein aufgewecktes, fröhliches Kind. Ich wollte das Beste für sie, und du wünschtest dir immer ein kleines Mädchen. Es war ein Fehler, sie hergebracht zu haben.«

Tiefe Zornesfalten durchzogen Iljanas Gesicht. Jedes Mal, wenn sie sich über Marlene beklagte, hatte ich ihr die Geschichte vom fröhlichen Mädchen aufgetischt – und sie damit zur Weißglut gebracht. Nun hieß es zu allem Überfluss, das angebliche Findelkind sei deine Tochter. Das Mädchen war angeblich nicht normal, und so abwegig schien es Iljana nicht, dass es tatsächlich deine Tochter sein könnte. Pearl brachte einfach nichts Ordentliches zustande, hieß es. »Wer weiß, mit welchem Kerl sie sich herumgetrieben und diese Missgeburt gezeugt hatte. Und nun verlangt sie auch noch Geld!«

Ich hoffte im Stillen, dass Samuel sich bis zum Abend beruhigt haben würde. Iljana saß bereits seit Einbruch der Dämmerung im Salon und wartete auf ihren Mann. Sie würde nicht dulden, dass er sich erneut von seiner nutzlosen Schwester, wie sie betonte, überreden ließe.

Das Abendbrot war schon seit über einer Stunde aufgetragen, als Samuel erschien. Weder ich noch Iljana hatten einen Bissen angerührt, wir starrten Samuel an. Beide schienen wir zu erwarteten, dass er ebenso wie wir den ganzen Tag über dein Telegramm sinniert hätte, und uns seine Entscheidung mitteilen würde. Stattdessen häufte Samuel seinen Teller voll und begann, zu essen, ohne auf uns zu achten.

»Du wirst deiner Schwester keinen Cent geben!« Iljana konnte sich nicht beherrschen. Samuels zur Schau getragene Gelassenheit musste sie als Provokation empfinden. In all den Jahren der Ehe war es ihr nicht gelungen, ihren Mann zu durchschauen.

»Du solltest mit ihr reden«, schlug ich vor und hoffte, Samuel friedlich zu stimmen.

»Seit wann bestimmt ihr Weiber, was zu tun ist? Tut eure Arbeit und mischt euch nicht in Angelegenheiten, von denen ihr nichts versteht.« Mit verzerrter Miene schob Samuel den Teller beiseite, erhob sich und ging hinaus auf die Veranda, wo er seine Pfeife anzündete und den Rauchkringeln nachsah, die er gen Himmel ausstieß. Das Aroma des Tabaks umgab ihn wie eine sichere Hülle, die niemand zu durchdringen vermochte ...

Kaum hatte ich mich nach dem Mittagessen auf die schattige Porch zurückgezogen, holte mich ein Motorengeräusch aus meinen Tagträumen. Jeremy hatte sich seit unserem Streit nicht mehr hier blicken lassen und ich konnte mir nicht vorstellen, dass er so unverschämt war, meine Ruhe zu stören. Widerwillig erhob ich mich aus dem Schaukelstuhl und versuchte, einen Blick über die Brüstung zu erhaschen. Ich hörte, wie eine Wagentür zugeschlagen wurde, und vernahm leise Männerstimmen. Tiefe Schatten unter meinen Augen zeugten von den schlaflosen Nächten, die einen Mantel aus Blei um meine Gliedmaßen gebunden und meine Seele mit schwarzen Wolken umhüllt hatten.

Sally hatte Samuel, der in Begleitung seines Sohnes David gekommen war, bereits in den Salon geführt, als ich eintrat und als erstes Davids erschrockener Miene gewahr wurde. »Um Himmels willen, was ist denn mit dir geschehen, Tante Pearl?«

Irritiert, dass sogar mein Neffe mir meinen Zustand ansah, zuckte ich mit den Schultern. »Zu viele Sorgen, und die Jüngste bin ich schließlich auch nicht mehr.« Genau in dem Moment überkam mich die Erinnerung an meine Ausschweifungen mit Ted, die ebenfalls ihren Anteil an den zu kurzen Nächten und meinen überbordenden Gemütsbewegungen hatten.

»Du weißt, weshalb wir hier sind?«, fragte Samuel wie ein Richter beim Verkünden des Strafmaßes. Seine emotionslose Fassade bereitete mir ein Déjà-vu. Ich straffte meinen Körper, ignorierte die bleierne Müdigkeit und setzte ein dankbares Lächeln auf.

»Ich danke dir, dass du gekommen bist. Wusste ich doch, dass du alles daransetzen wirst, unsere *Company* vor Schaden zu bewahren.«

Samuel sah mich mit weit aufgerissenen Augen an, klappte den Mund auf und zu. Während David meine Äußerung mit festem Blick quittierte, sprang er seinem konsternierten Vater bei.

»Wir müssen reden, Tante Pearl. So einfach, wie du dir das vorstellst, ist es nicht. Was hat denn diese Lücke in unser Kapital gerissen?«

Unterdessen hatte Samuel seine Sprache wiedergefunden und insistierte: »Was zum Teufel hast du mit unserem Geld gemacht?«

Ich bat Sally, uns einen starken Kaffee zu servieren und lehnte mich weit in den Korbstuhl zurück, damit ich Gelassenheit und gleichzeitig Souveränität ausstrahlte.

»Lasst uns dem Geschäftlichen entsprechend angemessen diskutieren.« Ich sah Samuel und David an, als seien sie Geschäftspartner: mit strengem Blick und ohne eine Miene zu verziehen. »Jeremy ist aus der *Company* ausgestiegen. Er bricht seine Zelte in Texas ab und benötigt seine Einlage, um anderswo neu zu beginnen.« Ich hoffte, dass diese elegante Formulierung meinen Bruder von weiteren Nachfragen abbringen würde.

»So etwas könnte mir auch einfallen!«, höhnte Samuel. »Meine Einlage mit sofortiger Wirkung aus der *Company* ziehen und woanders neu beginnen! Haha!« Er hatte sich erhoben und lief mit beiden Händen hinter dem Rücken verschränkt hin und her, hielt inne, fasste sich an die Stirn und brummelte unverständlich vor sich hin.

David dagegen strahlte eine fast unheimliche Ruhe aus. Er saß reglos auf seinem Stuhl und wartete offensichtlich, dass sein Vater seinen Tanz beendete. Ich sah David an, wie sein Gehirn arbeitete.

»Wir müssen eine Lösung finden«, sagte er unvermittelt und ergänzte: »Bei allem Verständnis für Jeremy – wir lassen uns keine Pistole auf die Brust setzen, eine angemessene Frist für die Auszahlung seiner Einlage wird er schon hinnehmen müssen.«

Aus dem kleinen Jungen David, einem Dreikäsehoch als ich in Austin eintraf, war ein scharfsinniger Geschäftsmann und vermutlich auch ein geschickter Verhandlungspartner geworden.

»Verzeih, Tante Pearl, wenn ich in deine Privatsphäre eindringe: War deine Verbindung mit Jeremy rein geschäftlicher Art – oder wart ihr – wie soll ich das sagen – wart ihr ein Liebespaar?«

Unbeabsichtigt entfuhr mir ein bitteres Lachen. David würde meinen Pakt mit Jeremy nicht verstehen. Unser Auftreten als Paar war dem Schutz unserer Privatsphäre geschuldet gewesen. Und dieser Schutz galt auch gegenüber meiner Familie. Mochte sich die Mischpoche noch so weltgewandt geben, von der rauen Wirklichkeit hatte sie keine Ahnung. Nicht auszudenken, wie Samuel reagieren würde, wenn er von Jeremys Homosexualität erführe.

»Nein, David, es mochte so erscheinen, zumal ich für meine geschäftlichen Außenaktivitäten einen Mann an meiner Seite brauchte. Du weißt selbst, dass Männer nicht gewohnt sind, mit einer Frau zu verhandeln. Jeremy war mein Geschäftspartner, der Kapital und gute Ideen in unsere *Company* investiert hat.«

Ich ließ keinen Zweifel daran aufkommen, dass dies mein einziges und letztes Statement in dieser Angelegenheit war.

»Die Verhandlungen mit Jeremy werde ich führen«, sagte David. Verwundert sah ich meinen Neffen an. Was hatte er vor?

»Tante Pearl, ich werde Jeremys Nachfolge antreten. Ich bleibe hier und übernehme das Management der *Cotton Mill Ltd.* und der Plantage.«

Hatte ich David vor wenigen Minuten noch als klugen Kopf betrachtet, fühlte ich jetzt Wut und Empörung in mir aufsteigen. »Du willst mich mit einem Handstreich abservieren? Hast du diesen miesen Schachzug von deinem Vater übernommen?«

»Du hast doch zugegeben, dass du als Frau allein nicht viel bewegen kannst, hier muss jemand ran, der die Spielregeln beherrscht.« Davids Stimme hatte hinfort einen weicheren Klang angenommen.

»Du behauptest, mir mangele es an der Beherrschung der Spielregeln? In der Tat fehlt mir die Gelassenheit, meine Zeit bei diesen Hahnenkämpfen zu vergeuden. Ich muss nicht zwei Stunden bei einer Zigarre und einem Glas Whiskey in einem verqualmten Salon sitzen, bevor ich ein Geschäft abschließe. Um diesen Part geht es, um sonst nichts.«

»Ich werde mein Kapital investieren, und ich möchte mir meine Zukunft hier aufbauen. Weder die Mischpoche in Austin noch Vaters *Company* interessieren mich. Und du solltest die Zukunft der *Cotton Fields* und der Fabrik sichern! Irgendwann musst du doch deine Nachfolge klären.«

Davids schonungslose Konfrontation mit meinem Alter traf mich mit aller Wucht. Mir wurde schmerzhaft bewusst, dass ich seit Jeremys Gesinnungswandel nicht mehr strategisch dachte und handelte. Durch Teds überraschendes Auftauchen war mein ohnehin labiles Gleichgewicht außer Kontrolle geraten, ich reagierte emotional, statt den Verstand zu gebrauchen.

David hatte recht, ich war nicht mehr die Jüngste und ich würde mich nicht allein auf die Fachleute in der Fabrik verlassen können. Es war an der Zeit, die Verantwortung Schritt für Schritt in jüngere Hände zu legen.

Ted würde bald zurückkehren. In meiner Fantasie nahm die Vorstellung, unseren Lebensabend gemeinsam zu genießen, immer deutlichere Konturen an. Mein ganzes Sein würde dann nicht mehr von den täglichen Früchten meiner Arbeit und meiner darauf gründenden gesellschaftlichen Position abhängen.

»Ich werde Jeremy auf den Gesellschaftervertrag hinweisen und ihm entgegenkommen, wenn er sich angemessen verhält.«

»Nein, David!«

Mein Neffe glaubte ernsthaft, er könne mich ohne Weiteres aufs Altenteil schieben und selbst mit Jeremy verhandeln. Damit würden Jeremy und auch David sich bestätigt sehen: Ohne Mann an meiner Seite wäre ich hilflos.

Ich bat David, mir seine Vorschläge zu unterbreiten und stellte klar, dass niemand anderes als ich selbst Jeremy die

Bedingungen darlegen würde. Noch lag die Leitung des Unternehmens in meinen Händen und noch war ich mit meinem Kapital die Hauptgesellschafterin.

Davids Einwand, ein Gespräch von Mann zu Mann sei erfolgversprechender, zumal Jeremy einem Fremden gegenüber sicherlich zurückhaltender agieren würde, wischte ich mit einem energischen Kopfschütteln beiseite.

»David, ich bin dir dankbar für deine Hilfestellung, ich stimme deinen Vorschlägen zu, doch Jeremy werde ich selbst verabschieden.«

Für das Gespräch mit Jeremy wählte ich bewusst einen Salon im *Garten Verein* in Galveston. Ich trug ein dunkelgraues Kostüm mit weißer Seidenbluse und einen schwarzen, weit in die Stirn reichenden Filzhut. Jeremy erwartete mich bereits in lässiger Haltung mit einem halbleeren Glas Whiskey in seiner Linken. Ich verzichtete auf Nettigkeiten zur Begrüßung und legte die Mappe mit Davids ausgearbeiteter Vereinbarung vor mir auf den Tisch.

»Du forderst die Rückzahlung deiner Einlage – jeden Cent. Sofort. Die Ausstiegsklausel des Gesellschaftervertrags ist dir bekannt: Die Auszahlung des eingebrachten Kapitals erfolgt fünf Jahre nach der Kündigung. Eine sofortige Auszahlung ist nicht vorgesehen – genauso wenig wie Ausnahmen von dieser Regel.«

Jeremy biss sich auf die Lippen und knetete nervös seine Finger. Hatte er wirklich angenommen, ich sei so dumm, dass ich mein Unternehmen belasten würde, ohne auch nur einen Blick in den Gesellschaftervertrag zu werfen.

»Ich muss weg von hier und ich benötige Geld.«

»Musstest du deshalb das Drama des betrogenen Liebhabers inszenieren? Hältst du mich wirklich für so naiv, dass ich dein Spiel nicht schon längst durchschaut hätte?«

Jeremy merkte nicht, wie gleichgültig er und alles was mit ihm zu tun hatte, mir inzwischen geworden war. Mit weit aufgerissenen Augen schaute er in meine Richtung, ohne mich anzusehen. Sein Anblick erinnerte mich an die Mädchen in unserem Etablissement in São Leopoldo, wenn sie dabei ertappt wurden, wie sie ihr Trinkgeld heimlich beiseiteschafften, statt es in die Gemeinschaftskasse zu legen.

»Ich war so erschüttert, als du dich vor aller Augen diesem Engländer an den Hals warfst«, beteuerte Jeremy.

»Erschüttert? Du? Es passte dir nicht, dass es in meinem Leben einen Mann gibt, und noch viel weniger gefiel dir, dass deine Maske einen Riss bekommen hatte.«

Jeremy zuckte mit den Schultern und deutete ein Nicken an. Beinahe hätte er mir leidgetan, doch ich ärgerte mich über mich selbst: Wie konnte ich nur so dumm gewesen sein, zu glauben, er sei wirklich eifersüchtig. Wie konnte ich mich derart haben verunsichern lassen, dass ich meinen Bruder auf den Plan rief? Ein Blick in den Gesellschaftervertrag an jenem Tag, als Jeremy mir seine Forderung vorgetragen hatte, hätte genügt, um ihn zum Teufel zu jagen.

»Ich will fort aus Texas!« Jeremy stammelte. Er stand offensichtlich unter großem Druck.

Fortwollen, fortmüssen, fortmachen ..., das Thema meines Lebens. In Sekundenbruchteilen lief ein Film vor meinem inneren Auge ab: Vaya con Dios – ich sah Diego, mit gesenkten Blicken, wie er um seinen Stolz kämpfend die Plantage verlassen musste. Ted, der fortgemusst oder fortgewollt hatte, Marlenchen, das ich fortgegeben hatte.

»Wenn du fortwillst, dann geh. Ich wüsste niemanden, der dich hier hält.« Ich schob Jeremy die Vereinbarung zu und forderte ihn auf, zu unterschreiben. Unser großzügiger Kompromiss – wir waren bereit, die Hälfte seiner Einlage sofort auszuzahlen – rang ihm ein schuldbewusstes Lächeln und ein paar genuschelte Dankesworte ab.

David hatte nach und nach die Verantwortung für die *Cotton Mill* übernommen. Bald stellte sich heraus, dass er die Arbeit in meinem Sinn fortführte und wir einander gut ergänzten. Bis zu Teds Rückkehr wollte ich mich um die Baumwolle kümmern und die Aufsicht über die Feldarbeit führen.

Meine Vorfreude auf Teds Rückkehr hielt ich tief unter Verschluss, nur selten drängte sie sich an die Oberfläche und zauberte mir ein Lächeln aufs Gesicht. Hin und wieder bemächtigte sich meiner ein seltsames Gemisch aus Ungeduld und Furcht. Ted war so weit fort. Würde er wirklich zu mir zurückkommen? Ich malte mir aus, was ihm alles geschehen könnte: Dass dort unten Europäer Opfer von Raubüberfällen wurden, hörte man immer wieder. Anders als bisher lag diesmal das Schicksal nicht in meinen Händen, ich war zum Warten verdammt. Die Renovierungsarbeiten waren längst abgeschlossen, die Feldarbeit funktionierte ohne mein Zutun und die Geschäfte waren zur Routine geworden. Meine neu gewonnene Freizeit bescherte mir Leere und Grübeleien. Ohne Jeremy zog mich nichts mehr in die Galvestoner Gesellschaft, zumal es jetzt David war, der dort die Geschäftskontakte pflegte.

Ich war gerade aus dem Mittagsschlaf auf der schattigen Porch aufgewacht, als Sally, meine treue Seele, aufgeregt an meine Liege trat und mit einem Kuvert wedelte. »Ein Telegramm, Madam. Aus Brasilien.«

Ted war noch in Brasilien? Schlaftrunken, wie ich war, dämmerte mir, dass er doch längst auf der Rückreise hätte sein müssen. Ein Telegramm? Was war geschehen? Ich schickte Sally, die keinerlei Anstalten machte, von meiner Seite zu weichen, zurück ins Haus. Ich fuhr mit der Hand über die fremde, geschwungene Handschrift, mit der meine Adresse auf der Außenseite des Papiers geschrieben stand, drehte das Schriftstück einige Male von der einen zur anderen Seite und überlegte, ob ich es öffnen oder einfach weglegen sollte.

Sally stand im Türrahmen und sah mich erwartungsvoll an. »Madam?«

»Bring mir einen Kaffee, einen starken!« Dass Sally mich in diesem Zustand beobachtet hatte, lenkte mich kurzzeitig von meiner ängstlichen Unentschlossenheit ab. Der Ärger schwang hörbar in meiner Stimme mit. Die unverhohlene Neugier war den Dienstboten einfach nicht auszutreiben. Wie oft hatte ich Sally und die anderen Mädchen schon dabei erwischt, wie sie breitbeinig, beide Hände in die Hüften gestemmt, Maulaffen feilhielten!

Das Telegramm lag auf meinem Schoß, mit zitternden Fingern drehte ich mir ein Papelito, bevor ich unter Sallys prüfendem Blick einen Schluck Kaffee trank.

»Madam, Sie müssen das Kuvert öffnen.« Vorsichtig legte sie ihre Hand auf meine Schulter. Mein Ärger war längst verflogen, Sally war der einzige Mensch, der mir jahrelang treu zur Seite gestanden hatte – auch dann, wenn ich in ihren Augen falsch und unverständlich handelte.

Ich holte tief Luft und nickte. »Ja, Sally, das muss ich wohl!« Die Gelassenheit, die ich mir von Nikotin und Koffein erhofft hatte, stellte sich nicht ein. Im Gegenteil! Ich fühlte, wie mein Herz raste und fürchtete, im nächsten Moment tot von der Liege zu fallen. Eine Erlösung, dachte ich, denn der Inhalt des Telegramms aus Brasilien würde furchtbar sein.

Ich starb nicht, ich fiel nicht von der Liege – ich verlor nicht einmal das Bewusstsein. Keine Chance, der ausweglosen Situation zu entfliehen!

Ted gestern verstorben. In São Leopoldo beigesetzt. Weiteres nach meiner Rückkehr nach London. Edward

Mein Herz stockte. Ted war tot. Ted würde nicht wiederkommen. Hatten meine geheimen Vorahnungen seinen Tod bewirkt? Hieß es nicht, dass eine Befürchtung oder Erwartung, wenn sie nur intensiv genug empfunden wurde, schließlich auch eintrat? Unsinn, dachte ich, alles Hokuspokus! Meine Gedanken schweiften ab und statt Trauer oder Fassungslosigkeit nahm Leere von mir Besitz. Mir war, als löse ich mich bei vollem Bewusstsein auf.

Ich sprang auf, nahm unter den Füßen auf die federnden Planken der Terrasse wahr und spürte den Vibrationen in meinem Körper nach. Ich rannte zum Pferdestall und sattelte die junge Stute, ein kräftiges, schnelles Tier. Aus den Augenwinkeln fing ich die erstaunten Blicke der Stallburschen auf, als ich mich in meiner hellen Leinenkleidung auf das Pferd schwang. Dass mein Rock dabei hochrutschte und die Knie freilegte, störte mich nicht. Während des Trabs über die *Cotton Fields* verband sich mein Körper mit dem der Stute, suchte das Zusammenspiel, die Einheit, die Pferd und Reiter verschmelzen ließ. Sobald ich den Feldrain erreicht hatte, spornte ich die Stute zum Galopp an. Das in der Sonne flirrende Grün der jungen Baumwollpflanzen auf dem menschenleeren Feld versank am Ende der Welt im Horizont.

Ich schmiegte meinen Oberkörper an den warmen Hals der Stute und krallte beide Hände in ihre blonde Mähne. Ich konnte nicht sagen, wie viel Zeit vergangen war, als das Pferd schnaubend am Gatter stehenblieb – es war ohne mein Zutun nach Hause zurückgekehrt. Beim Absitzen bemerkte ich unser beider Schweiß; wir waren zu lange und zu schnell in der sengenden Junisonne unterwegs gewesen. Gemächlich ging ich mit lockerem Zügel neben der Stute her zum Stall, wo ein Trog lauwarmen Wassers bereitstand, aus dem sie ihren Durst löschen konnte. Den Burschen, der bereitstand, um das Pferd zu trocknen und zu säubern, schickte ich weg. Während ich die Stute striegelte, waren all meine Gedanken auf mein Tun gerichtet.

David sah mich verblüfft an, als wir uns auf dem Weg zum Haus begegneten. Niemand auf der Plantage ritt grundlos über die Felder, mit jedem Ausritt war eine Aufgabe verbunden, sei es die Kontrolle der Arbeiter bei der Aussaat oder bei der Ernte. Die Begegnung war mir unangenehm, und als mich David fragte, ob ich ausgeritten sei, blaffte ich ihn unfreundlich an: »Muss ich dich jetzt schon fragen, was ich tun und lassen darf?«

David wehrte erschrocken ab, und als ich so dicht an ihm vorbeilief, dass ich flüchtig seinen Arm streifte, wich er rasch zur Seite.

Am nächsten Morgen erschien David zur Frühstückszeit in meinem Salon – den ich für mein Leben mit Ted eingerichtet hatte.

»Entschuldige bitte, darf ich kurz stören?« Wie immer begegnete er mir mit ausgesuchter Höflichkeit, obwohl ich diejenige gewesen war, die ihn am Vortag angeraunzt hatte.

»Du hast ein Telegramm bekommen. Sally hat es mir gesagt. Sie meinte, sie habe dich noch nie in so einer Verfassung erlebt. Was ist passiert, Tante Pearl?«

Obwohl ich die ganzen letzten Monate meine Gefühle unter Verschluss gehalten hatte, waren meine emsigen Renovierungsarbeiten meinem Neffen nicht verborgen geblieben. Er ahnte, dass ich auf Teds Rückkehr gewartet hatte.

Ich fuhr mit den Zähnen über meine Unterlippe und erzeugte einen körperlichen Schmerz, der mir half, das Geschehene auszusprechen. *Was man ausspricht, wird wahr*, hatte Rebekka immer gesagt, wenn wir als Kinder unsere geheimen Wünsche und Ängste austauschten. »Ted kommt nicht zurück. Er ist tot.«

David wurde blass und legte seinen Arm um meine Schultern. Ich weiß nicht, wie lange er schweigend neben mir saß. Als er sich erhob, nahm er meine Hand und bat mich, ihn ins *Office* zu begleiten. »Ich komme nicht dazu, die Buchungen der letzten Monate zu prüfen. Würdest du mir diese Arbeit abnehmen?«

Die Zahlenkolonnen zwangen mich in eine andere Welt. So blieben nur wenige Stunden, in denen ich meinen Gedanken nachhängen und den Schmerz spüren konnte. Ich redete mir ein, dass ich Teds Tod erst wirklich begreifen konnte, wenn ich die genauen Umstände erfuhr. Von Tag zu Tag zweifelte ich mehr an der Aufrichtigkeit von Teds Gefühlen. Warum hatte er diese beschwerliche Reise überhaupt angetreten?

Edwards Brief, den ich herbeigesehnt und schließlich nach langen Monaten nicht mehr zu bekommen erwartet hatte, traf am Tag vor Chanukka, am 30. November 1926 ein.

David verbrachte das Fest nicht bei seinen Eltern und Geschwistern in Austin, da er sich als Herr eines eigenen Hausstandes verpflichtet fühlte, die Lichter in seinem Haus anzuzünden und zum Festmahl einzuladen. Dass ich die einzige Verwandte hier war, brachte ihn nicht von seinem Vorhaben ab. Er ahnte nicht, dass ich die letzten Chanukkakerzen vor mehr als 50 Jahren in der Ukraine angezündet hatte.

Von seiner Mutter hatte David das Rezept für Latkes mitgebracht und die verwunderten Küchenmädchen beauftragt, die Zutaten zu beschaffen und die Feiertagsspeise zuzubereiten.

Seit jenem Tag im Juni, als mich die Nachricht von Teds Tod erreicht hatte, drang kein Sonnenlicht mehr durch das Grau der Tage, und die Nächte umhüllten mich mit tiefstem Schwarz. Keine einzige Träne war seither aus meinen Augen geflossen und kein Seufzer aus meiner Brust gedrungen. Ich schaute in den Spiegel und sah die schneebedeckten Gassen meiner ukrainischen Heimat. Meine hüftlangen Haare waren weiß geworden. Eine geisterhafte Gestalt starrte mich im Zwielicht an. Ich zog eine Schere aus der Schublade und schnitt meine Haare Strähne für Strähne ab. Mit jedem Büschel zerfiel einer meiner Gedanken, bis mich schließlich eine Fremde aus dem Spiegel ansah.

Was zum Teufel sollten diese Gedanken? Erinnerungen – oder auch nur die Vorstellung von Erinnerungen aus einem früheren Leben – ukrainische Gassen, ukrainische Chanukkakerzen! Wäre David doch nach Austin gereist und hätte die Feiertage mit seiner Mischpoche gefeiert!

Ich wusch mein Gesicht mit eiskaltem Wasser, fuhr mit dem Kamm durch mein jetzt kurzes Haar und beschloss, Edwards Brief zu lesen, bevor ich zu David ging. Ich setzte mich auf die Chaiselongue, wo ich die letzten glücklichen Stunden mit Ted verbracht hatte, und öffnete das Kuvert.

Verehrte Perla,

für Ihr langes Warten auf meinen Brief bitte ich Sie um Verzeihung. Für mich ist der Verlust meines Vaters, den ich auf der Amerikareise erst richtig kennenlernen durfte, sehr schmerzhaft. Während meiner Kindheit verbrachte er die

meiste Zeit beim Eisenbahnbau in fernen Kontinenten. Ir-
gendwo, ich vermute, es war in Afrika, infizierte er sich mit
Malaria. Vater litt im Lauf der Jahre immer wieder unter
Fieberschüben. Genaues erzählte er erst, als er in São Leopol-
do von heftigen Fieberkrämpfen heimgesucht wurde. Offen-
bar wusste er, dass er diese Attacke nicht überleben würde.
Wochenlang lag er mit furchtbaren Kopf- und Gliederschmer-
zen, Schüttelfrost und zeitweiligen Absencen darnieder. In
lichten Momenten sprach er von seiner großen Liebe zu Ih-
nen, von dem Glück, Sie wiedergefunden zu haben und von
seinem Versagen. Ja, als Versagen bezeichnete er sein baldiges
Ende und die große Enttäuschung, die Ihnen damit zugefügt
würde. Er bat mich, Sie in Kenntnis zu setzen, sobald seine
sterblichen Überreste in jener Erde Ruhe gefunden haben
würden, wo Sie beide die glücklichsten gemeinsamen Jahre
verbracht hatten. Von großer Bedeutung war ihm der Hin-
weis, dass die Umstände aus jenen Jahren in seinem Herzen
verschlossen bleiben und als Geheimnis mit in sein Grab zie-
hen sollten. Sein größter Wunsch, das wusste er nun, würde
nicht in Erfüllung gehen. Wie so oft in seinem Leben habe er
auch diesmal wieder die falsche Entscheidung getroffen – er
bereute die lange und umständliche Reise in den Süden Ame-
rikas und trug mir auf, Sie in seinem Namen um Verzeihung
zu bitten. Dies fällt mir besonders schwer, denn ich habe mei-
nen Vater erst auf dieser Reise kennen-, schätzen- und lieben
gelernt. Ich nehme ein kostbares Geschenk mit auf meinen
weiteren Lebensweg und ich bedauere unendlich, dass Sie,
Vaters große Liebe, diejenige sind, die allein zurückbleiben
muss. Bitte verzeihen Sie meinem Vater und verzeihen Sie
mir. Ihr ergebener Edward

Nachdem ich die Zeilen drei oder vier Mal gelesen hatte, überkam mich ein Gefühl der Scham. Monatelang hatte ich mich bar jeder Contenance meiner Enttäuschung hingegeben, hatte mit dem Gedanken gespielt, dass Teds Rückkehr alte, vernarbt geglaubte Wunden aufgerissen und er mich mit seiner in meinen Augen überflüssigen Reise erneut verletzt und bestraft. Ich hatte mich hängenlassen wie ein verschlissener Wischlappen, statt, wie Ted es mir beigebracht hatte, den Verstand zu gebrauchen.

Ted musste gewusst haben, dass ihm nicht mehr viel Zeit blieb. Die lange Reise mit seinem Sohn, das verstand ich jetzt, war die Einlösung einer Schuld. Eine Wiedergutmachung für die Jahre der Abwesenheit. Mir fiel eine Andeutung Teds ein, der ich in den letzten Stunden unseres Zusammenseins nicht die nötige Bedeutung beigemessen hatte: »Ich konnte nicht Teil einer Familie sein, nicht einmal der kleine Junge hielt mich. Allein und in der Ferne durfte ich dich wenigstens in Gedanken bei mir haben.«

In diesem Jahr fiel Chanukka auf einen Samstag, Freitagabend begann der Schabbes. Ein Blick auf die Uhr zeigte mir, dass gerade eine Stunde Zeit blieb, um mich für das Mahl mit David zurechtzumachen. Sally, die mir ein Bad eingelassen hatte, schrie vor Schreck auf, als sie mich mit Edwards Brief in der Hand am Tisch sitzen sah. »Madam, was haben Sie mit ihren Haaren gemacht?«

»Abgeschnitten, wie du siehst, Sally! Ich fürchte, die neue Frisur ist mir nicht ganz gelungen. Nimm die Schere und mache das Beste daraus.«

Sally ging ans Werk und verzichtete auf weitere Bemerkungen, anscheinend war sie erleichtert, dass sich meine

Stimmung vom Nullpunkt wegbewegt hatte. Ein warmes Bad löschte die letzten Spuren meines inneren Aufruhrs und frisch gewaschen verjüngte die neue Frisur meine Züge. Im dunkelblauen Seidenkostüm fühlte ich mich dem Anlass entsprechend gekleidet. Der Schabbes am Vorabend des ersten Chanukkatages galt als besonderer Tag.

Mein Neffe stand an der Haustür mit den Streichhölzern in der Hand, damit ich die Kerzen anzündete. Wir grüßten einander mit *Gut Schabbes* und nahmen am reich gedeckten Esstisch Platz.

David, der in einer steifen und rigiden Atmosphäre aufgewachsen war, erschien mir immer noch schüchtern, und ich vermutete, dass er schon länger vergeblich nach einer Frau Ausschau hielt. Seine Erfolglosigkeit wunderte mich nicht, denn David fehlte jegliche Nonchalance im Umgang mit dem weiblichen Geschlecht. Während des Essens starrte mein Neffe auf meinen Kopf. Ich fühle mich unbehaglich und spürte ein wenig Mitleid mit David, der sich nicht traute, etwas über meine neue Frisur zu sagen.

»Wir feiern Chanukka. Das ist ein neuer Abschnitt in der Geschichte der Plantage und ein neuer Abschnitt in meinem Leben.« Ich deutete auf meine Frisur und hoffte, dass David verstand.

Seit der Nachricht von Teds Tod hatte sich eine bis dahin unbekannte Melancholie meiner bemächtigt. Noch wusste ich diese Macht, die von mir Besitz ergriffen hatte, nicht einzuordnen.

Lange vor dem ersten Hahnenschrei erschien Ted in meinen luziden Träumen. »Ich bin tot, aber du lebst. Benutze deinen Verstand, geh unter Menschen, sieh dich um.« Wenn ich entgegnete, wie sinnlos alles ohne ihn sei, verblasste seine Erscheinung und löste sich binnen Sekunden in Nebel auf. Nach dem Aufwachen ärgerte ich mich, dass er sich nicht auf Diskussionen mit mir einließ, bis ich im Lauf des Tages feststellte, wie sicher mich seine Hinweise bisher über alle Klippen gesteuert hatten.

Widerwillig nahm ich mir Teds Rat zu Herzen, widerwillig deshalb, weil ich überzeugt war, das Gefühl der Enttäuschung und Ungerechtigkeit festhalten zu müssen. Festhalten, denn mir bedeutete die Tiefe des Schmerzes mehr als die Oberflächlichkeit und emotionale Unzulänglichkeit, die ich all die Jahre zuvor empfunden hatte.

Ganz langsam löste ich mich aus den Klauen dieser zerstörerischen Macht und gelangte zu der Überzeugung, dass ich meine Tage sinnvoll ausfüllen und sie nicht Trübsal blasend im Sessel auf der Porch vorüberziehen lassen sollte.

Inzwischen gab es in Galveston einige Salons für Damen, die Gattinnen betuchter Herren gegründet hatten, um der häuslichen Langeweile zu entfliehen und sich gemeinsam mit anderen Frauen den schönen Künsten und Wohltätigkeitsveranstaltungen zu widmen.

Für meinen ersten Besuch im *Lady's Club* wählte ich ein hoch geschlossenes champagnerweißes Musselin-Kleid. Mit einem breiten Ledergürtel schnürte ich die Taille, sodass mein deutlicher Gewichtsverlust nicht gleich ins Auge fiel. Der breitkrempige Panamahut beschattete einen Großteil meines von Trauer gezeichneten Gesichts, sodass ich keine fragenden Blicke befürchten musste.

Eine etwa fünfzigjährige in strenges Blau gekleidete und mit modischem Bubikopf frisierte Lady hieß mich willkommen. Verblüfft stellte ich fest, dass die anwesenden Damen mich kannten, während ich die meisten von ihnen zum ersten Mal sah. Meine früheren Besuche in Galveston, meist in Begleitung Jeremys, waren nahezu ausschließlich geschäftlicher Natur gewesen. In diesen Kreisen war ich die einzige Frau gewesen.

Wenngleich die Damen auch untereinander eine vornehme Zurückhaltung pflegten, spürte ich das respektvolle Befremden, das mir, der Farmerin und Fabrikantin, entgegengebracht wurde.

»Ich bin Pearl Rosenzweig«, begann ich meine Vorstellung, »seitdem mein Neffe die Leitung des Familienunternehmens übernommen hat, bin ich frei für andere gesellschaftliche Aktivitäten. Ich würde mich daher freuen, in Ihrem Kreis aufgenommen zu werden.«

»Wir freuen uns auch«, sagte die Dame mit dem Bubikopf. Wie sich bald herausstellte, gehörte sie zu der seltenen Spezies berufstätiger Frauen.

Die unverheiratete Helen Bush war die stellvertretende Direktorin der *Dominican Boarding School*, einer Highschool für Mädchen. Sie erzählte mir, dass die Schule händeringend spanisch sprechende Lehrerinnen für die Töchter der mexikanischen Einwanderer suchte und sah mich erwartungsvoll an. Ich fühlte mich ein wenig geschmeichelt und erwog kurz, ob mich eine solche Beschäftigung aus dem Grübeln erlösen könnte. Nein, ich wollte nicht wieder vor mir selbst fortlaufen.

»Ich bedauere, ich kenne niemanden, der in Frage käme«, sagte ich und ignorierte den in ihrer Stimme liegenden Appell. Woher wusste sie überhaupt, dass ich Spanisch sprach?

»Nun ja, ich dachte, Sie könnten ein paar Stunden in der Woche unterrichten. Unsere Lehrerinnen werden gut entlohnt.«

Ich schüttelte den Kopf, bedankte mich freundlich für die Ehre. »Ich bin schon über siebzig und habe noch nie im Leben unterrichtet.«

Helens Versuch, mich mit dem Argument der guten Bezahlung für ihr Ansinnen zu gewinnen, zeigte mir, dass die Damen der Gesellschaft – auch wenn sie wie Helen erfolgreich ihren Mann im Beruf standen – nicht die geringste Vorstellung von den Vermögensverhältnissen einer Farmerin und Fabrikantin hatten. Und ich beschloss, mich nicht dazu zu äußern.

Ich versprach, Wohltätigkeitsveranstaltungen zu unterstützen, sofern sie meinen Überzeugungen entsprachen.

»Ein Anruf für dich!« David lehnte aus dem Fenster seines *Office* und winkte mich mit weit ausholender Geste heran. Obwohl wir schon seit Jahren diesen Fernsprechapparat installiert hatten, vermied ich, ihn zu nutzen. Wer sollte mich schon anrufen? Die geschäftlichen Angelegenheiten oblagen allein David. Sein Fuchteln machte mich nervös. Ich verlangsamte meine Schritte, zögerte einen Moment und schüttelte den Kopf, was David dazu veranlasste, mich anzuschreien: »Verdammt nochmal, es ist wichtig!«

Ich begann, am ganzen Leib zu zittern. Dieses seltsame Gerät, das meilenweit entfernte Stimmen transportierte, war mir unheimlich. Ich wollte es nicht benutzen. David presste mir den Hörer ans Ohr und deutete auf die Sprechmuschel.

»Perla! Etwas Furchtbares ist geschehen ...« Durch den Äther erkannte ich Rebekkas aufgeregte Stimme. David schob mir einen Stuhl zu und bedeutete mir, mich hinzusetzen.

»Marlene ist tot«, flüsterte Rebekka so leise, dass ich sie erst beim zweiten Nachfragen verstand. »Es ist so grauenvoll, was sollen wir nur tun ...« Marlene! Meine Tochter, die mir fremd war, die ich nicht wiedergesehen hatte, seit Samuel und Rebekka sie vor fast dreißig Jahren nach Austin mitgenommen hatten, war tot! In der ersten Zeit hatte Rebekka mir das eine oder andere über Marlene geschrieben. Nachdem ich nie auf ihre Berichte eingegangen war, schien Rebekka zu verstehen, dass ich meine Tochter buchstäblich abgeschrieben hatte.

»Hörst du mich, Perla?« Was erwartete Rebekka? Ich musste irgendetwas sagen. »Ja Rebekka, ich höre dich.« Wie konnte es sein, dass Rebekkas Stimme aus diesem schwarzen Kasten mich ins Mark traf? Warum musste meine Cousine telefonieren, um mir diese Nachricht zu überbringen? Mir erschien die ganze Szene wie ein schlechter Traum, aus dem ich bald aufzuwachen hoffte.

»Perla, du musst herkommen, sofort!« So eindringlich hatte ich Rebekka nicht in Erinnerung, im Gegenteil, sie hatte immer klein beigegeben, vielleicht vorsichtig eine Bitte vorgetragen, aber dieser Ton war neu. Ich starrte den schwarzen Kasten an, der in Augenhöhe an der Wand montiert war, sah hinüber zu David, der mit hängenden Schultern am Schreibtisch gelehnt stand und zwang mich, in diesen Apparat hineinzusprechen.

»Ihr müsst sie beerdigen«, war das Einzige, was mir einfiel. Wieso sollte ich nach Austin fahren, in jenes Haus, wo ich vor Jahrzehnten geschworen hatte, keinen Fuß mehr über die Schwelle zu setzen? Marlene gehörte doch längst zu Samuels Mischpoche.

Rebekkas Schniefen und Weinen drang in mein Ohr, ich wünschte, dieses unselige Gespräch würde endlich enden. Ich spürte den Drang, den Hörer einfach baumeln zu lassen und wegzulaufen. David stand regungslos mit Tränen in den Augen neben mir. Offenbar hatte Rebekka ihm schon erzählt, was geschehen war.

»Sie hat den Strick genommen!« Rebekka flüsterte, als befürchtete sie, ein Unbefugter könnte diese furchtbare, unter allen Umständen geheim zu haltende Nachricht hören.

»Was sagst du denn da? Den Strick ... Das kann doch nicht sein!«

»Bitte, Perla, du musst sofort herkommen, ich bin zu alt, um noch einmal die Verantwortung zu übernehmen.«

Ich vermutete, meine Cousine habe den Verstand verloren und den Zugang zum Fernsprechapparat genutzt, um ihre Hirngespinste bei mir abzuladen. Sie ging auf die Achtzig zu – wer konnte sagen, was in ihr vorging.

»Perla, du musst herkommen und dich um den Jungen kümmern!«

»Welchen Jungen?«

»Marlenes Sohn!«

Marlene hatte ein Kind? Und jetzt war sie tot. Vergeblich versuchte ich das soeben Gehörte zu erfassen. Stumm wiederholte ich Rebekkas Worte, aber nichts geschah. Vor meinem geistigen Auge erschien die kleine Marlene, wie ich sie als Dreijährige vage in Erinnerung hatte. Dieses Bild weckte keine Assoziationen zu dem, was ich soeben von Rebekka erfahren hatte.

Endlich erbarmte David sich und nahm mir den Hörer aus der Hand, um Rebekkas Lamento zu lauschen, während ich wie gelähmt neben ihm auf dem Stuhl verharrte.

»Tante Pearl, Marlenele ist tot! Den Strick hat sie genommen, oben im Haus, da hat sie gebaumelt. Rebekka hat sie gefunden und losgeschnitten. Und dass Marlenele ein Kind geboren hat, und dass niemand ihren Leibesumfang bemerkt hat und Marlenele nicht gesprochen hat, das hat die Rebekka erzählt.«

Davids Stimme bebte, er war so blass wie Asche. »Sie war wie eine Schwester für mich, aber Mommy ließ sie immer spüren, dass sie nur ein Findelkind war. Hier habe ich Marlene gefunden und ich war so glücklich, dass sie mit uns nach Austin gekommen ist.«

In dem Augenblick begriff ich: David war damals zu jung gewesen, um zu verstehen, dass Marlene, die er in den Hütten der Schwarzen vorgefunden hatte, meine Tochter war. Erst durch Rebekkas Anruf hatte er erfahren, dass Marlene seine leibliche Cousine war.

Augenblicklich erinnerte ich mich, dass Rebekka mir kurz nach ihrer Rückkehr nach Austin über die Entscheidung meines Bruders berichtet hatte, Marlene als Findelkind auszugeben und ihre wahre Herkunft zu verschleiern. Das Kind sei von den schwarzen Frauen aufgefunden worden und sie hätten sein Schicksal in die gütigen Hände meines Bruders gelegt.

»Marlene war anders als wir. Mommy sagte, sie sei nicht ganz richtig im Kopf, aber das stimmte nicht. Wenn Mommy richtig wütend auf sie war, behauptete sie, Marlene wäre ein Krüppel.«

»Wie war sie denn?« Diese Frage kam spontan über meine Lippen. Meine Tochter war tot und nun begann ich, mich für sie zu interessieren.

David zuckte mit den Schultern. »Sie war kein richtiges Mädchen, sie war widerspenstig, andauernd zappelte sie oder lief durchs Haus, bis Mommy es leid war und sie zwang, auf dem Stuhl sitzen zu bleiben.«

Ich erinnerte mich meiner Ankunft in Austin und sah vor meinem geistigen Auge die kleinen Jungen schweigend mit gesenkten Köpfen am Kindertisch in der Ecke des Salons sitzen. Iljana hätte kein lebhaftes Kind geduldet.

Ich sah ein, dass gewisse Erziehungsmaßnahmen unumgänglich gewesen waren, denn Marlene hatte zu einer jungen Lady heranwachsen sollen. Auch wenn sie nach außen hin nur ein Findelkind war, durfte sie das Ansehen der Familie Rosenzweig nicht beeinträchtigen. Es stand mir nicht zu, Iljana zu kritisieren, denn ich war diejenige gewesen, die sich des Kindes entledigt hatte.

»Wir glaubten, Marlene sei stumm, aber ich wusste, dass das nicht stimmte. Wenn wir allein waren, und meine Brüder sie nicht zanken konnten, sprach sie und zeigte mir ihre Schätze.«

»Ihre Schätze?« David erzählte mir, dass Marlene die Federn aus dem Kopfkissen pulte, dass sie unterwegs alle möglichen Dinge – Steine, Stöckchen, Knöpfe, Münzen – von der Straße auflas und zu Hause in einer Schachtel versteckte. Samuel hatte ihr einen alten Zählrahmen mit farbigen Holzperlen geschenkt, und Rebekka besaß einen Bleistift, den sie Marlene hin und wieder auslieh. Wenn sie sich unbeobachtet fühlte, fingerte Marlene an den bunten Perlen des Rechenrahmens, sortierte sie nach einem Schema, das David vergeblich zu verstehen versuchte. Dazu schrieb sie Kolonnen von Zahlen und Buchstaben auf Reste von Einwickelpapier, die sie aus dem Mülleimer in der Küche klaubte.

Als Marlene in die Schule kam, verblüffte sie die Lehrerin mit ihren Schreib- und Rechenkünsten. Als eifrige und ruhige Schülerin brachte sie stets exzellente Noten nach Hause, was Iljana dazu veranlasste, ihre Söhne noch mehr unter Druck zu setzen und Bestleistungen von ihnen zu verlangen. Manchmal half Marlene David bei den Hausaufgaben und erklärte ihm mit Hilfe des Rechenrahmens den Lösungsweg. Weder Iljana noch die anderen Jungen erfuhren jemals, dass Marlene mit David sprach.

Nun war Marlene tot. Hatte Hand an sich gelegt. David schluchzte: »Sie war eine Schwester für mich, die Einzige im ganzen Haus, die sich um mich kümmerte, die meine aufgeschlagenen Knie verband und meine Tränen trocknete, wenn ich von Vater verprügelt oder von Mutter gescholten worden war.«

Ich hatte mir nie Gedanken über Kinder gemacht, war aber der Überzeugung, dass Prügel und Strafe einem Kind nicht schadeten, zumal Kinder lernen mussten, zu gehorchen und sich unterzuordnen. Samuel bot seiner Familie ein sorgenfreies Dasein. Ein komfortables Dach über dem Kopf, reichhaltiges Essen, ordentliche Kleidung und sogar Personal. Keines der Kinder wurde zu Arbeiten in Haus und Garten angehalten, alle konnten die Schule besuchen und einen Beruf erlernen. Dass er sich, auch unter Einsatz körperlicher Züchtigung, Respekt verschaffen musste, leuchtete mir ein, aber an Davids Verzweiflung erkannte ich, dass mein jähzorniger Bruder und seine egozentrische Frau ihren Kindern das Wichtigste vorenthalten hatten: Liebe.

Den Austiner Luxus hätte ich Marlene nicht bieten können. Sie wäre bei den Schwarzen in einer Hütte aufgewachsen, hätte ein wenig schreiben und rechnen gelernt – und wäre ein halbwildes Kind geblieben, das nirgends hingehörte. Ich hatte selten an Marlene gedacht, und immer beruhigte ich mein sich regendes Gewissen mit der Rechtfertigung, dass das Kind in zivilisierten Verhältnissen aufwachsen sollte. Ganz abgesehen von Rebekkas Beharrlichkeit. Sie war es gewesen, die Marlene unbedingt hatte mitnehmen wollen und Samuel überzeugte.

Ich sah die kleine Marlene in Marys Armen, sah sie mit den schwarzen Kindern spielen und toben, erkannte die

Liebe und Inbrunst, mit denen die Schwarzen das temperamentvolle und lachende Kind umgaben.

Mit aller Kraft verscheuchte ich diese Erinnerung, bevor ich mich selbst verlor.

Weil sie ein Kind bekommen hatte, musste sie doch nicht den Strick nehmen, schließlich war sie ja längst erwachsen.

Wer war Marlene gewesen? Eine fremde Frau, die ich gegen meinen Willen vor über dreißig Jahren geboren, als Dreijährige in gute Hände gegeben und seither nie wiedergesehen hatte. Was hatte ich mit ihrem Tod zu tun? Sollten sich Rebekka, Iljana und Samuel darum kümmern und mich in Frieden lassen.

David zuckte mit den Schultern. »Sie ist tot! Und sie hinterlässt ein Kind.« Er betonte jedes einzelne Wort, als müsse er mir diese Tatsache mit Gewalt ins Gehirn hämmern. In seinen Augen standen Tränen.

Eine Erinnerung drängte sich mir plötzlich auf: Nach Marlenes Geburt lag ich im Bett und war nicht mehr ich selbst, etwas hatte sich meiner bemächtigt. War es Marlene ähnlich ergangen? Schnell scheuchte ich auch diesen Gedanken fort.

Ich müsse nach Austin kommen, hatte Rebekka gefordert. Wegen des Kindes? Die Bestattung von Marlenes sterblichen Überresten hatte am Tag nach ihrem Tod stattgefunden und die Trauerwoche war bereits vorbei, als Rebekka anrief.

David jammerte, weil er nicht beizeiten herbeigerufen worden war, um den Kaddisch zu sprechen. »Die Heuchler haben die Totenwache gehalten und am Grab den Talmud zitiert: *Sieh auf drei Dinge, und du wirst nie fehlschlagen im Leben: Wisse, woher du kommst und wohin du gehst und vor wem du wirst einst Rechenschaft ablegen müssen.* «

Schweißperlen standen auf Davids Stirn. Die Verlogenheit seiner Brüder und seines Vaters entsetzte ihn ebenso wie Marlenes Tod. In seinen Augen las ich Schmerz und Wut. Und diese Wut richtete sich gegen Menschen, die ihm nahestanden, gegen die eigene Mischpoche. Ich war meist nur auf mich selbst wütend gewesen, hatte meine Dummheit und meine Schuld für alles verantwortlich gemacht, was mir widerfahren war.

Ganz in schwarz gekleidet, erwartete Rebekka mich auf der obersten Stufe vor der doppelflügeligen Haustür. Sie watschelte mir entgegen mit vor den Mund gepressten Händen, als ich meinen Wagen vor dem Haus parkte. »Um Himmels willen, Pearl, willst du dich auch noch umbringen?«

Trotz des traurigen Anlasses konnte ich mir ein Lachen nicht verkneifen. »Das ist ein Automobil, es hat einen Motor, fährt auf vier Rädern und es kippt nicht um.«

Ich umarmte meine Cousine, die steif und starr dastand und meinen Wagen argwöhnisch betrachtete. Da sie keinerlei Anstalten machte, mich ins Haus zu bitten, kehrte ich zum Wagen zurück, um meinen kleinen Reisekoffer zu holen. Wieder traf mich ein entgeisterter Blick. »Ist das dein gesamtes Gepäck?«

»Für zwei, drei Tage dürfte es reichen«, antwortete ich.

»Zwei, drei Tage? Ich hatte dich gebeten, herzukommen – und zu bleiben. Ich bin zu alt, um noch ein weiteres Kind aufzuziehen, und Iljana wollte diesen Bankert nicht einmal in Augenschein nehmen. Du bist seine Großmutter! Oder willst du den Jungen etwa mit in die Wildnis nehmen und ihn wie deine Tochter den Schwarzen überlassen?«

Rebekka hatte sich derart in Rage geredet, dass sie vergaß, mich ins Haus zu führen. Erst nachdem ich sie darauf hinwies, öffnete sie schnaufend die schwere Eichentür.

Die Villa war im Laufe der Jahre mehrfach aus- und umgebaut worden. Drei der inzwischen erwachsenen Söhne meines Bruders hatten sich mit ihren Familien hier wohnlich eingerichtet. Ich betrat den dunkel getäfelten Salon, wo reges Treiben herrschte: In Zigarrenrauch gehüllte Männer saßen am Esstisch, Frauen schwatzten, Kinder wuselten zwischen den Erwachsenen umher und ein paar schwarze Mädchen bemühten sich in dem Durcheinander, Kaffee und Tee in die bereitstehenden Tassen zu gießen. Meine Neffen begrüßten mich und stellten mich ihren Frauen vor, die anscheinend weder von mir noch von der Baumwollplantage wussten. Iljana ließ sich wegen Unpässlichkeit entschuldigen und Samuel hatte Wichtiges in seinem Betrieb zu tun.

Rebekka führte mich in jene Ecke des Salons, wo damals bei meiner Ankunft das Kindertischchen gestanden hatte. Auf zwei Stühlen thronte ein mit verblichenem Stoff ausgeschlagener Wäschekorb. Ich blickte auf einen winzigen schwarzen Haarschopf. Der kleine Körper war bis zum

Hals in ein enges Baumwolltuch gebunden, so, wie ich es aus der Ukraine kannte.

Ich erschrak und rief: »Das Kind erstickt ja, so ein Wickel ist doch viel zu warm.« Das Thermometer zeigte 87° Fahrenheit – und die schweren dunklen Vorhänge hielten nur wenig Hitze draußen. Die jungen Frauen zuckten mit den Schultern und räumten ein, dass Iljana bestimmte, wie die Babys behandelt und gekleidet werden.

»Er heißt Sammy.« Rebekka hatte sich wieder gefangen und erzählte mir, dass Marlene ihren Sohn David hatte nennen wollen, Iljana sie jedoch überredet hatte, dem Jungen den Namen ihres Mannes zu geben. Iljana hatte ihre Macht also noch weiter ausgebaut. Statt altersweise zu werden, befehligte sie jetzt auch ihre Schwiegertöchter und erdreistete sich, Marlene in ihren letzten Stunden ihren Willen aufzuzwingen. Und Rebekka verlangte von mir, in dieses ungastliche Haus zurückzukehren!

In Austin gab es nichts, was mich hielt. Die bigotte Mischpoche, die bedrückende Ausstrahlung des Hauses, die langweilige und arrogante Society – nein, all das kam für mich nicht in Frage. Unter keinen Umständen! Ich liebte meine Plantage, den klaren blauen Himmel, die Weite, den frischen Morgenduft, die Ausritte über die Felder, den Schwatz mit den Mexikanern, das Palaver mit den schwarzen Frauen. Und ich liebte Galveston, die dem Meer abgerungene Insel. Hier war mein Zuhause, vielleicht sogar meine Heimat. Meine Sehnsucht trieb mir Tränen in die Augen und mein Verstand riet mir, zu fliehen. Zu fliehen, bevor die Fesseln der Verantwortung sich noch fester um mich winden und meinen Willen brechen würden.

»Morgen früh reise ich ab!« Ich hoffte, meiner Stimme genug Festigkeit verliehen zu haben, dass jeglicher Widerspruch im Keim erstickt würde. Leider bewies mir Rebekkas Reaktion, dass diese Hoffnung unberechtigt war.

»Hast du denn gar kein Herz? Sieh mich doch an! Soll eine krüppelige Alte wie ich einen Säugling versorgen? Soll das Kind in einem oder zwei Jahren wieder allein auf der Welt sein? Sammy ist dein Enkelkind!« Rebekka zerrte an meinem Ärmel und zog mich mit aller Kraft in die Ecke, in der das Baby im Weidenkorb lag und mich mit seinen dunklen Kulleraugen ansah.

»Es ist dein Fleisch und Blut«, beschwor mich Rebekka. Sie ging schließlich so weit, mir zu unterstellen, ich sei gefühllos und unmenschlich. Schon meiner eigenen Tochter gegenüber sei ich gleichgültig gewesen. Mir schoss das Blut in den Kopf, Rebekka hatte meinen Nerv getroffen. Ich fragte mich seit Jahren, warum ich für Marlene keine Mutterliebe empfand. Von dem Tag an, als ich Leben in mir wachsen fühlte, hatte ich gehofft, dass dieses Fremde sich von selbst auflöste, auf Dauer verschwände. Nachdem das Kind endlich meinen Körper verlassen hatte, war ich froh, dass die schwarzen Frauen sich darum kümmerten.

Samuel hatte sich während des Dinners äußerst wortkarg gezeigt, und Rebekka trug ebenfalls nichts zur Unterhaltung bei, sodass sich mir keine günstige Gelegenheit bot, um meine bevorstehende Abreise erneut anzukündigen. Iljana hatte sich den ganzen Tag nicht blicken lassen und war auch dem Dinner ferngeblieben. Wenngleich ich keinen Wert auf ihre Anwesenheit legte, ärgerte mich dieses ungehörige Verhalten dennoch.

Nach dem Essen zitierte Samuel mich in sein Arbeitszimmer. Ich fühlte mich wie ein Schulmädchen vor dem Empfang seiner gerechten Strafe. *Er ist doch nur dein kleiner Bruder*, hörte ich Ted flüstern. Ich straffte meine Schultern und betrat erhobenen Hauptes den Raum. Ohne Samuels Aufforderung, Platz zu nehmen, abzuwarten, setzte ich mich ihm gegenüber auf den schweren Eichensessel.

»Die Sache mit Marlene tut mir leid. Jetzt haben wir den Schlamassel.« Ich sah meinen Bruder fragend an. Was tat ihm leid? Welcher Schlamassel?

»Marlene war nicht gesellig. Sie sprach nicht, blieb mehr für sich. Keiner von uns hätte es für möglich gehalten, dass sie sich mit einem Kerl einlässt.« Samuel sprach so leise, als befürchtete er, dieses Geheimnis könne die Mauern des Hauses verlassen und seinem Ruf schaden.

»Plötzlich Mutter zu sein, verkraftet nicht jede Frau, vor allem, wenn es keinen Vater für das Kind gibt.« Ich sprach aus, was ich nie zu denken gewagt, aber in meinem Unterbewusstsein gespeichert hatte. Samuel hob seine Hand und hielt inne, als wolle er sich selbst bremsen. Er schien meine Aussage abtun zu wollen, sich dann aber eines Besseren zu besinnen und murmelte: »Das ist doch kein Grund, den Strick zu nehmen und die eigene Brut dem Schicksal zu überlassen.«

Ich dachte zurück an die Stunden und Tage nach Marlenes Geburt. Wer konnte sagen, was geschehen wäre, wenn ich in der Lage gewesen wäre, das Wochenbett zu verlassen – und wenn Mary mich nicht rund um die Uhr bewacht und versorgt hätte.

Samuel räusperte sich, und flüsterte: »Der Apfel fällt nicht weit vom Stamm.« Ich starrte meinen Bruder fragend an. »Du verstehst nicht? Wie die Mutter, so die Tochter! Wer weiß, wie viele Kerle ihr bezirzt und auf euer Lager gelockt habt. Du weißt offenbar nicht, wessen Samen in deinem schändlichen Leib aufgegangen ist, und Marlene wird es auch nicht gewusst haben.« Samuel redete sich in Rage, seine Stimme überschlug sich. Ich hob beide Hände mit den Handflächen nach außen vor die Brust, um mich zu schützen. Mein Bruder hielt inne und wischte sich den Schweiß von der geröteten Stirn.

»Wer im Glashaus sitzt, sollte nicht mit Steinen werfen.« Ich spielte meinen Trumpf aus und Samuels Reaktion bestätigte mir, dass ich Davids Andeutungen, dass sein Vater jeder Schürze im Haus nachstelle, richtig interpretiert hatte. Samuels Wangen glühten und an seinen Schläfen traten die Adern wie dicke blaue Schafsdärme hervor. »Was maßt du dummes Weib dir an? Ein Mann hat nun mal seine Bedürfnisse.«

Statt meiner Streitlust und Neugierde nachzugeben, besann ich mich auf meine bevorstehende Abreise. Ich bat meinen Bruder, mit der Sprache herauszurücken und mir zu sagen, was er von mir wollte.

Er räusperte sich und rutschte unruhig auf seinem Stuhl hin und her, als wisse er selbst nicht, wie er sich die Lösung des Problems vorstellte.

»Was soll mit dem Balg geschehen? Iljana weigert sich, ihn im Haus zu behalten, und Rebekka betrachtet ihn als Marlenes Erbe ...« Samuel seufzte. »Eins will ich dir sagen,

Pearl, mir geht das alles gegen den Strich, ich will meine Ruhe haben und eine zufriedene Frau.«

Und die schwarzen Mädchen zu deiner Verfügung, fügte ich in Gedanken hinzu. Ich hütete mich, sie auszusprechen.

Es war also allein Rebekkas Idee gewesen, dass ich mein Leben auf der Plantage aufgeben und hier in Austin einziehen sollte. Samuel wollte weder das Kind noch mich hier haben, und Iljanas heutiges Fehlen sprach für sich.

»Und wer ersetzt mir Marlene?« Samuel starrte mich an, als trüge ich Schuld an Marlenes Suizid.

»Sie war die Einzige in meinem Unternehmen, die den Überblick hatte: Verkaufszahlen, Einkäufe, Außenstände ... alles konnte sie innerhalb weniger Minuten exakt nachweisen. Früher war das, was wir als Lager bezeichneten, ein einziges Tohuwabohu: zu Haufen durcheinander gestapelte Stoffballen, Knöpfe und Garne in alten Kisten, Nadeln und Spulen zusammen mit allerlei Kram in Schubladen. Marlene war gerade vierzehn, als sie Lagerräume mit der Größe der den Stoffballen entsprechenden Regalen, sowie Fächer und Schubladen für die Zutaten und Ersatzteile entwarf. Das musst du dir ansehen. Jeder Schneider findet seither auf den ersten Blick, was er benötigt. Marlene hatte alles im Griff. Und vor allem hielt sie ihren Mund.«

Meine Tochter hatte sich also nicht nur nützlich, sondern unentbehrlich gemacht im Unternehmen ihres Onkels. Auf eine seltsame Art und Weise erfüllte es mich mit Stolz, dass sie diese Welt nicht als Schmarotzerin verlassen hatte. Dass sie meinem Bruder als Arbeitskraft fehlte, ließ mich kalt.

»Ich kann das Baby nicht mitnehmen.«

Samuel nickte. »Du bist viel zu alt, ein Kind aufzuziehen. Das Beste wäre, du würdest den Jungen in Galveston ins Waisenhaus geben. Ich habe einen guten Ruf zu verlieren.«

Was fiel meinem Bruder ein? Bevor ich protestieren konnte, lehnte Samuel sich zurück, zündete bedächtig eine Zigarre an und wechselte erneut das Thema.

»Wer hätte vor vier Jahren gedacht, dass wir nicht nur unbeschadet, sondern wohlhabender denn je die Wirtschaftskrise überstehen würden?« Samuel klopfte sich stolz auf die Brust. »Wir, die Rosenzweigs, sind immer bodenständig geblieben, so wie unser Papa mit seiner Nähmaschine. Wir haben uns immer von den Banken ferngehalten, keine Kredite, keine Spekulationen. Das war von vornherein mein Prinzip.«

Seitdem die Geschicke der Plantage und meiner Fabrik in Davids Händen lagen, kümmerte ich mich kaum mehr um die Geschäfte. Kürzlich hatte David umfangreiche Ländereien in der Umgebung der Plantage und zwei Villen in der 28. Straße in Galveston erworben. Die Familie habe investiert, beantwortete mein Neffe ausweichend meinen fragenden Blick.

»Sprichst du von Davids Investitionen?«

»Davids Investitionen?« Samuel schüttelte den Kopf. »Das Geld kommt aus Deutschland. Arik, unser Bruder in Berlin, hatte weise gewirtschaftet und nach der Krise volle Auftragsbücher. Die Demokratie steht auf wackeligen Füßen in Deutschland, für alles Elend werden die Juden verantwortlich gemacht. Es gab ja immer mal wieder Verschwörungstheorien, Antisemitismus, egal ob in Russland, in Deutschland, in Polen – aber 1918, nachdem Deutschland den Krieg verloren hatte, wurde erneut und verstärkt der Hass gegen die Juden geschürt. Sie hätten gemeinsam mit den Sozialdemokraten dem Deutschen Reich einen Dolchstoß verpasst und das Reich um den Sieg gebracht. Das sogenannte Internationale Judentum wurde fortan für die Folgen des von Deutschland angezettelten Weltkriegs verantwortlich gemacht. Dann kam es zum New Yorker Börsensturz. Die Banken, so hieß es vor allem in Europa, gehörten den Juden. Hier gab man ihnen hinter vorgehaltener Hand die Schuld dafür, in Berlin wurden Gesetze erlassen, die die Freiheit der Juden immer weiter einschränkten. Schon seit einem Jahr werden jüdische Beamte entlassen und jungen Juden wird der Zugang zu den Universitäten verweigert. Man munkelt, es werde noch schlimmer kommen.«

»Ich verstehe nicht, was das mit uns zu tun hat.« Mir war unbehaglich zumute.

»Arik schickt seine Söhne in die USA. Arthur, der Ältere bekleidet einen gut dotierten Posten in New York. Er hat einen Koffer voller Devisen mitgebracht und die Immobilien in Galveston erworben. Natürlich funktionierte das nicht auf direktem Weg. Wir mussten eine neue *Corporation* gründen, in die sowohl die *Cotton Fields, die Cotton Mill Ltd.* als auch mein Austiner Unternehmen eingeflossen sind.«

Ich sah meinen Bruder ungläubig an: Ohne mein Wissen hatte er mit meinem Eigentum geschachert! »Wie konntest du mich so hintergehen? Sechzig Prozent der *Cotton Mill* gehören mir!«

»Niemand hat dich hintergangen. David, der mit sämtlichen Vollmachten ausgestattet ist, war von dem neuen Konzept überzeugt und hat eingewilligt. Deine Anteile bestehen unverändert weiter.«

Mein Schädel brummte und mein Herz klopfte im Stakkato. Statt über mein Unternehmen zu bestimmen, sollte ich nun über die Zukunft eines Säuglings entscheiden, eines Kindes, das mir fremd war und dessen Anblick mich gegen meinen Willen berührte. Wie konnte dies bloß alles ohne mein Zutun geschehen sein?

»Ariks Sohn war hier in Austin?« Ich versuchte, zu verstehen und zu ordnen, was Samuel erzählt hatte.

»Ja, Arthur war einige Tage hier, als studierter Ökonom wollte er die Gründung der neuen *Corporation* selbst in die Hand nehmen. Sein jüngerer Bruder wird ihm folgen, sobald er sein Studium in Berlin abgeschlossen hat.«

Arik hatte nie Kontakt mit mir aufgenommen, von ihm und seiner Familie in Berlin wusste ich nur das Wenige, das mir Rebekka erzählt hatte. Nun tauchten seine Söhne hier auf und schlichen sich mit ihren Plänen in mein Leben. Hätte dieser Arthur mich nicht aufsuchen können, als er in Galveston war? Hatte er sich überhaupt gefragt, wer diese *Rebekka Pearl Rosenzweig* war?

Ich dachte nur selten an meine illegale Einreise nach Texas, die mir dank Rebekkas Papieren gelungen war. Eigene Personaldokumente beschaffte ich erst, um den Erwerb des Grundstücksanteils zu besiegeln. Ich ließ die Namen Rebekka Pearl eintragen mit der Begründung, dass ich seit vielen Jahren den amerikanischen Vornamen Pearl angenommen habe. Dass mein Geburtsdatum nicht mit dem meiner Cousine übereinstimmte, fiel niemandem auf.

Konnte es sein, dass Samuel meine Existenz verschwiegen und unserem Bruder Arik in Berlin gegenüber nie erwähnt hatte, dass ich seit Jahrzehnten in Texas lebte? Hatte Arthur deshalb angenommen, dass es sich um meine Cousine Rebekka handelte, die als Anteilseignerin in den Unterlagen vermerkt war. Ich musste Samuel fragen, was geschehen war.

Samuel paffte weiter an seiner Zigarre, einer echten Havanna, wie er betonte. Ein stolzer alter Mann saß mir gegenüber in seinem ausladenden Lederfauteuil, ein Mann, der erreicht hatte, was er wollte, den keine Selbstzweifel plagten und der sich stets allen Ballasts entledigt hatte – und weiterhin entledigen würde.

Ich sah meinen Bruder schweigend an. Der Säugling drüben im Körbchen, der Balg, wie Samuel ihn nannte, gehörte zum Ballast!

Vor meinem inneren Auge erschien unsere Kate zu Hause in der Ukraine. Samuel und Arik, die ich verlassen, der Obhut unseres zermürbten, saufenden Vaters überantwortet hatte. Ich sah Rebekka, wie sie mir hinterher winkte, meine Cousine, die sich meiner Brüder annehmen würde.

Ich dachte an Marlene, mein Kind, von dem ich mich erdrückt fühlte. Mir fiel die Erleichterung ein, die mich überkommen hatte, als Rebekka und Samuel mit dem Mädchen die Plantage verließen, und ich spürte wieder meine Verärgerung über die schwarzen Frauen, die jammernd und heulend vor der Tür gestanden hatten.

Als träfe ein Pfeil mitten ins Herz, beschlich mich die schmerzhafte Erkenntnis, dass auch ich mich stets allen Ballasts entledigt hatte!

Samuel hatte sich zumindest meiner angenommen, er hatte sich dem Auftrag unseres Vaters nicht entziehen können, dabei den ehelichen Frieden aufs Spiel gesetzt und Iljanas Feindseligkeit entfesselt.

Nachdem wir einander eine Weile schweigend gegenübergesessen hatten, fühlte ich mich wie nach einem kurzen Schlaf. Plötzlich empfand ich eine Klarheit. Der Freilauf der Gedanken ohne die Last des Gefühls, grundsätzlich die Betrogene zu sein, diejenige, die stets achtsam sein musste, hatte mir eine neue Sicht der Dinge beschert.

Ich erhob mich und teilte meinem Bruder meine Entscheidung mit: »Ich fahre morgen zurück. Rebekka wird sich um den Jungen kümmern, bis ich eine Lösung gefunden habe.« Samuel zuckte mit den Schultern und nickte.

Ich musste nach Hause, nur dort, in der Abgeschiedenheit der Plantage, konnte ich in Ruhe überlegen. Einerseits war ich fest entschlossen, Sammy, meinen Enkel, nicht im Stich zu lassen. Andererseits fühlte ich mich niedergeschlagen. Nach allem, was Samuel mir berichtet hatte, befürchtete ich, mein Zuhause zu verlieren.

Den Tag meiner Heimkehr ließ ich auf meiner Porch ausklingen, wo mich die vertrauten Geräusche besänftigten. Bei einem Glas Wein und einer Papelito bereitete ich mich auf das Gespräch mit David vor. Meine Enttäuschung, nicht in die geschäftlichen Entscheidungen einbezogen worden zu sein, ja, das Gefühl, dass sie hinter meinem Rücken erfolgt waren, hatte sich nicht gelegt. Ich musste mit ihm sprechen. Heute noch.

Trotz der späten Stunde saß David in seinem *Office* noch über den Büchern. Verwundert sah er auf, als ich eintrat. »Du bist wieder zurück?«

»Wie du siehst. Es gibt etwas, worüber wir reden müssen.«

David schlug vor, ins Wohnhaus zu gehen. Ich schüttelte den Kopf und erklärte, es ginge um Geschäftliches, das wir besser hier besprechen sollten.

»Wie geht es der Mischpoche in Austin? Hat ihnen Marlenes Tod arg zugesetzt, oder sind sie schon wieder zum Alltag übergegangen, als wäre nichts geschehen?«

»Als wäre nichts geschehen! *Du* siehst mir in die Augen als wäre nichts geschehen!« Davids unschuldige Miene und sein fragender Blick machten mich zornig. »Du krempelst hinter meinem Rücken mein ganzes Unternehmen um, machst den dahergelaufenen Deutschen zum Gesellschafter, und hast nicht einmal den Mumm, mich zu informieren. Schiebst mich aufs Altenteil, als hätte ich hier nichts mehr zu melden!«

Mein Neffe hörte mir ruhig zu, während ich spürte, wie mir die Contenance entglitt. Schon früh hatte ich mir angewöhnt, meine Stimme zu senken, wenn ich aufgebracht war. Während Wut und Enttäuschung in meinem Inneren tobten, zähmte ich meinen Körper, indem ich die Beine übereinanderschlug, die Finger ineinandergeschlungen knetete und den Rücken durchdrückte.

»Dass du dich übergangen fühlst, konnte ich nicht ahnen. Als Geschäftsführer betrachtete ich es als meine Aufgabe, das Beste für unsere *Company* zu tun und den Geldsegen aus Deutschland gewinnbringend einzusetzen. Wir wollten dich mit der ganzen Geschichte nicht belasten.«

»Die Geschicke der Baumwollfarm liegen in meiner Hand, seit ich zum ersten Mal meinen Fuß auf dieses Land gesetzt habe. Die marode Plantage, die von einem unfähigen Säufer und Betrüger, der die Arbeiter wie Sklaven behandelte, heruntergewirtschaftet worden war, ist unter meiner Führung zu diesem blühenden Unternehmen gewachsen. Die Weberei und Spinnerei habe ich mit meinen Ersparnissen aufgebaut. Dein Vater gab nach mühsamen Verhandlungen seinen Segen dazu, aber er investierte nur einen Bruchteil.«

David schaute mich zerknirscht an, während ich mich beobachtete und erwartete, dass mein Zorn abebbte.

»Es tut mir so leid, das habe ich nicht gewollt. Vater hat auch nicht daran gedacht, dich einzubeziehen.«

»Dein Vater hat nur seinen Vorteil im Kopf. Er steuert geradewegs auf sein Ziel zu, ohne sich um die Interessen anderer zu scheren.«

David nickte.

»So sind wir Rosenzweigs.« Ich wunderte mich, wie leicht mir dieses Geständnis über die Lippen kam. Über fünfzig Jahre lang hatte ich mich – meist erfolgreich – bemüht, die Oberhand zu behalten und mir nicht in die Karten schauen zu lassen. Zu früh hatte ich erkennen müssen, dass ich ausgeliefert und betrogen würde, wenn ich anderen vertraute oder gar Schwäche zuließ.

David sah mich lange an. »Wir Rosenzweigs? Nein, Pearl, du urteilst zu hart.«

Vor meinem geistigen Auge sah ich Marlene, meine kleine Tochter, dachte an Diego, den ich ohne Erklärung fortgeschickt hatte ... Von all dem ahnte David nichts.

»Ja, du hast nicht daran gedacht, meine Zustimmung einzuholen. Dein Vater wäre ohnehin nicht auf den Gedanken gekommen, dass außer ihm noch jemand etwas zu vermelden hat. Künftig wirst du mich einbeziehen, wenn wichtige Entscheidungen zu treffen sind – solange ich lebe.«

David nickte.

»Rufe bitte morgen den Anwalt in Galveston an und vereinbare einen Termin für mich.«

David sah mich erschrocken an. »Möchtest du Einwände gegen die neue Konstellation erheben? Dein Anteil wurde doch nicht angetastet!«

Davids Befürchtung verblüffte mich. Sein Fehler nagte offensichtlich an ihm. Er war ein guter Junge, trotz seiner Intelligenz und Bodenständigkeit hatte er sich zu schnell dazu verleiten lassen, mit dem Geld meines Berliner Bruders das Kapital unseres Unternehmens aufzustocken. Oder hatte er gut daran getan?

»Keine Sorge, David. Ich bin nicht mehr die Jüngste und muss an die Zukunft denken. Es geht um sechzig Prozent Anteil an unserem Unternehmen.«

»Was wirst du tun?«

»Ich werde Sammy Rosenzweig, meinen Enkel, Sohn meiner Tochter Marlene, als Erben meines Anteils und meines anderweitigen Vermögens einsetzen. Das muss anwaltlich geregelt werden.«

»Dein Enkel? Deine Tochter? Marlene?«, stammelte David, der offensichtlich nie Zweifel an der Geschichte vom Findelkind gehegt hatte, die ihm von seinen Eltern aufgetischt worden war.

»Marlene ist – Marlene war meine Tochter. Rebekka wollte sie unbedingt mitnehmen nach Austin. Es war wohl die Idee deiner Mutter, sie als Findelkind zu bezeichnen und euch die Wahrheit vorzuenthalten.«

»Aber du ...« David räusperte sich verlegen und strich mit dem Zeigefinger über die Lippen. »Du warst doch allein, ich meine, du hattest keinen Mann – und Jeremy tauchte erst viel später auf. Oder war Ted damals schon hier gewesen?«

Davids ungelenke Vermutungen, seine Neugier amüsierten mich. Er traute sich nicht, geradeheraus zu fragen, wer Marlenes Vater war. Und ich würde seine Neugier nicht befriedigen.

»Ich habe Marlene geboren. Die ersten Jahre ihres Lebens hat sie bei ihrer Amme verbracht, drüben in den Hütten, dort, wo du ihr begegnet bist und anschließend Rebekka von dem weißen Mädchen erzählt hast.«

An meiner Stimme erkannte David, dass weitere Fragen nutzlos waren. Er versprach mir, sich um meinen Notartermin zu kümmern, und schlug vor, auf ein Glas Wein ins Wohnhaus zu gehen.

Im sanften Licht des Vollmonds schien die Brüstung der Veranda wie eingehüllt von einem Nebelschleier.

»Hier ist alles, wie es sein muss. Hier bin ich zu Hause.« Unvermittelt bemächtigte sich dieses Gefühl meiner und ebenso unvermittelt fasste ich mein Gefühl in Worte.

David sah mich an und nickte zustimmend: »Ja, Tante Pearl, hier ist alles, wie es sein muss. Hier sind wir zu Hause.«

»Ich werde Sammy herholen. Später, wenn er aufs College geht, können wir immer noch nach Austin übersiedeln.« Mein Entschluss stand fest. Endlich wusste ich, was zu tun war.

Das Telegramm, das Arthurs überraschenden Besuch in Austin ankündigte, war am Vorabend eingetroffen. Es war ein ungewöhnlich kalter Januarmorgen, das Thermometer auf der Porch zeigte 35° Fahrenheit und Rebekka vermutete, dass es in der Nacht unter den Gefrierpunkt gesunken sein könnte, denn die niederen Pflanzen im Garten wiesen einen Hauch Raureif auf.

Rebekka hatte eine schlaflose Nacht verbracht. Ihr war mulmig, sie befürchtete, dass der Sohn ihres Berliner Cousins diesmal keine guten Nachrichten überbringen würde. Arthurs vorigem Besuch waren etliche Briefe vorausgegangen, und der Zeitpunkt war zwischen ihm und Samuel abgestimmt und langfristig geplant worden. In Erwartung einer Hiobsbotschaft lief sie den ganzen Freitagvormittag konfus hin und her und vernachlässigte die Schabbesvorbereitungen. Viel zu spät begann sie mit der Zubereitung der Challot, unterbrach ihr Tun immer wieder, trat ans Fenster, um als Erste Arthurs Ankunft zu bemerken und die Schreckensbotschaft abzufangen, bevor sie das Klima im Haus verseuchte. Wenn Arik, den sie ebenso wie Samuel aufgezogen hatte, etwas zugestoßen wäre, wollte sie es erfahren, bevor Iljana, die sich ohnehin nicht für die Mischpoche im fernen Berlin interessierte, Gelegenheit bekam, das Zepter zu schwingen.

Die Sonne verschwand schon hinter dem Horizont, als ein schwarzer Studebaker in die Zufahrt der Villa einbog. Rebekka eilte hinaus, verharrte zwischen den Säulen auf der obersten Stufe der Eingangstreppe, um den Gast in Empfang zu nehmen.

Mühsam entstieg Arthur dem Wagen, angelte bedächtig nach dem Reisegepäck auf der Rückbank und näherte sich mit schweren Schritten dem Eingang. Rebekka, die Arthur als jungen, dynamischen Mann in Erinnerung hatte, erschauderte. Der Mantel schlackerte um den seinen schmalen Körper und sein Hut schien einige Nummern zu groß.

Rebekka breitete die Arme aus, wie sie es damals im Schtetl getan hatte, wenn einer der beiden Jungen sich Trost suchend an sie schmiegte.

Arthur ließ sich von Rebekkas Armen umfangen, seufzte und schüttelte den Kopf, um der Frage nach seinem Befinden zuvorzukommen. Rebekka schob ihn durch das Portal, warf Hut und Mantel auf einen Stuhl und führte Arthur in den Salon, wo Iljana die Schabbeskerzen bereitgestellt hatte. Jeden Augenblick musste Samuel eintreffen, der den Weg von der Firma immer zu Fuß ging.

»Leo ist tot«, sagte Arthur anstelle einer Begrüßung. Rebekka sah ihn fragend an: »Leo? Wer ist Leo?«

»Leo, mein Bruder. Mein einziger Bruder ist tot. Es ist meine Schuld.«

Das Gespräch verstummte, als Samuel und Iljana wenige Minuten später den Salon betraten. Samuel begrüßte seinen Neffen und hieß ihn in *seinem Hause*, wie er betonte, willkommen. Iljana, die angesetzt hatte, Rebekka in die Küche nach den Challot zu schicken, blieb angesichts Samuels und Rebekkas bestürzter Mienen wortlos stehen. Sie nickte Arthur zu und schlich davon.

Iljana zündete die Kerzen an und sprach den Schabbessegen. Samuel wünschte *Schabbat Schalom*, bevor er den Wein in die Becher goss. Die Einhaltung des Schabbats gehörte zur Tradition genauso wie alle jüdischen Feiertage und das Gebot, jüdische Ehepartner zu wählen. Arthur, der über die zunehmende Religiosität seiner Familie in Berlin gespottet hatte, beteiligte sich an den Ritualen. Es schien, als verlöre die Last der Schuld ein wenig an Gewicht.

Zu viert saßen sie schweigend an dem viel zu großen Tisch, Iljana und Samuel aßen mit gewohntem Appetit, Rebekka, überzeugt, dass das Verschmähen des Schabbatmahls gottlos sei, kaute jeden einzelnen Bissen mit höchster Konzentration. Arthur dagegen rührte sein Essen nicht an, sprach jedoch dem Wein zu.

Nachdem das Dienstmädchen das Geschirr in die Küche gebracht hatte, klopfte Samuel zufrieden auf den Bauch und forderte Arthur auf, zu erzählen, was geschehen war.

Der Wein hatte Arthurs Zunge gelöst. Es sah aus, als habe der Sorgenbrecher Arthurs Schmerz die Spitze genommen.

»Leo, mein geliebter Bruder, ist tot. Er starb allein und fern von unseren Eltern in New York. Ich hätte ihn nie nach Amerika bringen dürfen.«

Samuel ließ seine Finger ungeduldig auf der Tischplatte tanzen und forderte Arthur auf, die Angelegenheit – ja, er sagte *die Angelegenheit* – so zu schildern, dass sie für die hier Anwesenden verständlich sei.

»Ich war im Spätsommer in Berlin, meine Eltern beknieten mich, Leo so bald wie möglich nach Amerika zu holen. Die Lage in Deutschland wird für Juden unerträglich, niemand ist dort mehr sicher. Ich hatte schon meine Passage für die Rückfahrt in der Tasche, als Leo im September mit einem Mädchen zu Hause auftauchte. Mama war außer sich. So eine Schickse, eine, die bei ihrer Cousine in der Eifel im Dienst stand, käme ihr nicht ins Haus. Sie beschwor mich, meinen Bruder unverzüglich nach New York mitzunehmen. Ich weiß nicht, wie sie es schaffte, so kurzfristig eine Passage für das ausgebuchte Schiff zu ergattern.«

»Ein Sohn hat zu tun, was die Eltern verlangen«, wandte Samuel ein. »Insofern hast du dir nichts vorzuwerfen.«

Arthur schüttelte den Kopf. »Sie haben sich geliebt, Leo hatte sich mit dem Mädchen verlobt. Nachdem Leo sie zum Bahnhof gebracht hatte, fing ich ihn ab. Wir bestiegen den nächsten Zug nach Hamburg, wo wir am selben Abend einschifften. Leo litt unter quälenden Kopfschmerzen und ließ alles mit sich geschehen. Die letzten Tage der Schiffsreise verbrachte er im Delirium in unserer Kabine. Bevor er das Bewusstsein verlor, nahm er mir das Versprechen ab, seiner Verlobten die Wahrheit zu sagen und für ihr Wohlergehen zu sorgen. Er muss gespürt haben, wie es um ihn stand, während ich den Ernst der Lage viel zu spät erkannte. Er lag im Koma, als ich ihn vom Hafen aus ins nächste Krankenhaus brachte. Nach einer Reihe von Untersuchungen teilten mir die Ärzte mit, dass Leo nur noch wenige Tage zu leben habe. Ein schnell wachsender Tumor habe sein Gehirn zerstört. Am 25. Oktober 1935 starb er in meinen Armen.«

Sogar Iljana wirkte erschüttert. Sie gestand, dass sie so einen frühen Tod nie für möglich gehalten hätte. Sie sei dem Schicksal dankbar, dass sie und ihre Familie von allem Unglück verschont geblieben waren.

Rebekka entgegnete kaum hörbar: »Bis auf Marlene.« Arthur, der Rebekkas Einwand nicht registriert zu haben schien, zog ein Foto aus der Tasche seines Jacketts und reichte es herum: »Leos Grab in *Salem Fields*, dem jüdischen Friedhof in New York.«

»Elend und Tod gehören zum Leben.« Rebekka wusste, dass sie schroff klang. Seit Marlenes Tod war sie dünnhäutiger geworden und ihre Versuche, den Schicksalsschlägen mit Gleichmut zu begegnen, scheiterten meist daran, dass sie ihr Herz auf den Lippen trug und Schmerz und Trauer mit aller Macht verhindern wollte.

»Ich begebe mich zur Ruhe«, erklärte sie und empfahl Arthur, ebenfalls zu Bett zu gehen. »Morgen ist ein neuer Tag ...«

Leos Tod wirkte sich auf die Zusammensetzung der Gesellschaftergemeinschaft sowohl der Austiner Textilfabrik als auch Pearls Unternehmen aus. Mit anwaltlicher Hilfe galt es nun, die Verträge entsprechend zu aktualisieren.

Arthur zermarterte sich das Hirn bei der Suche nach einer Möglichkeit, einen Teil von Leos Erbe auf den Namen seiner Verlobten eintragen zu lassen, Anna Cremer aus dem grenznahen Belgien, die als Flickschneiderin in der Eifel bei seiner Tante tätig war. Mehr wusste er nicht über sie.

Er musste unbedingt vermeiden, dass sein Onkel von seinen noch nicht spruchreifen Plänen erfuhr. Ohne jemanden in der Familie zu informieren, entschied er, zunächst allein den Anwalt in Austin zu konsultieren und Rat einzuholen. Ausgestattet mit guten Argumenten würde er anschließend mit Samuel sprechen und seine Vorschläge unterbreiten.

»Warte nicht auf mich, ich habe in der Stadt einiges zu erledigen und werde dort eine Kleinigkeit zu mir nehmen.« Zumindest Rebekka wollte er wissen lassen, dass er für einige Stunden das Haus verließ.

»Setze dich einen Moment zu mir.« Rebekka wies auf den Ohrensessel am Fenster. Die Vormittagssonne sandte ein paar freundliche Strahlen in den düsteren Salon.

Arthur, dem die Fragen an den Anwalt unter den Nägeln brannten, zögerte, bevor er Platz nahm.

Seit Arthurs Ankunft hatte Rebekka viel Zeit mit Nachdenken zugebracht, es waren Erinnerungen zutage getreten, die Anlass zu Spekulationen oder auch zu Erklärungen gegeben hatten. Sie hatte gelernt, zu schweigen, das Unabänderliche hinzunehmen – nun aber galt es, reinen Tisch zu machen.

»Ich bin vergesslich geworden und manches bringe ich durcheinander. Wann warst du das letzte Mal hier?

»Im August 33, das weiß ich genau, das Schiff war voll mit Leuten, die Deutschland verlassen mussten.«

»Du erinnerst dich an Marlene?«

»Ja, ja natürlich. Sie hatte mir damals voller Stolz das Lager der Schneiderei gezeigt. Das Kaufhaus meiner Eltern am Kurfürstendamm war für mich immer ein Paradebeispiel ordentlicher und ansprechender Präsentation gewesen, doch die Akribie, mit der Marlene das Lager eingerichtet hatte, stellte alles mir Bekannte in den Schatten.«

Die Erinnerung an Marlene erhellte seine Züge.

»Ja, so war sie. Zwanghaft ordentlich und verschlossen.« Rebekka lächelte. Marlenes sonderbares Verhalten hatte sie nie gestört. Im Gegenteil, sie hatte das Mädchen, das sich allen Widerständen zum Trotz einen Platz in dieser Familie erobert hatte, heimlich bewundert.

Bei Rebekkas Worten zuckte Arthur zusammen: »So *war* sie? Was bedeutet das?«

Rebekka seufzte: »Sie ist tot. Ende April 34 ist sie nach der Geburt ihres Kindes gestorben.«

»Onkel Samuel und Tante Iljana machen keinen traurigen Eindruck. Ob sie Marlene nicht geliebt haben, weil sie nicht ihr Fleisch und Blut war?«

Dass Marlene ein Kind geboren hatte, schien Arthur nicht registriert zu haben. Möglicherweise hatte ihn die Nachricht von Marlenes Tod so schockiert, dass er nicht alles verstanden hatte?

»Ach, die Mär vom Findelkind, die Iljana allen aufgetischt hatte ... Marlene war eine Rosenzweig, eine echte Rosenzweig, die Tochter deiner Tante Pearl. Ich hatte das Kind von den *Cotton Fields* weggeholt, es sollte in einer richtigen Familie aufwachsen. Leider wies Iljana das Mädchen von der ersten Sekunde an zurück.«

Arthur rutschte unruhig im Sessel hin und her, als suche er eine Gelegenheit, das Gespräch zu beenden.

»Du warst hier im August 33, neun Monate später hat Marlene einen Jungen geboren.« Rebekka war inzwischen überzeugt, dass ihre Erinnerungen nicht trogen.

Arthur sank im Sessel zusammen, Schweiß brach ihm aus allen Poren. Er knetete seine Hände, als versuchte er, eine Antwort aus den Fingern zu pressen. Wäre Rebekkas Vermutung falsch gewesen, hätte Arthur sie zweifellos spontan von sich gewiesen.

»Es tut mir so leid. So furchtbar leid.« Arthur schlug die Hände vor sein Gesicht und schluchzte. »Ich bin ein Todesengel. Denen, die ich am meisten liebe, bringe ich Tod und Verderben.«

Rebekka setzte sich auf die Sessellehne und legte den Arm um Arthur, der bitterlich zu weinen begonnen hatte. Nach dem Kind fragte er nicht. Nicht jetzt und auch später nicht. Rebekka legte den linken Zeigefinger auf ihre Lippen, schloss die Augen und führte ihre rechte Hand zum Herzen.

Sie wusste, dass Arthur verstand: Rebekka würde das Geheimnis im Herzen bewahren.

Mit Sammys Ankunft hatte das Glück bei mir Einzug gehalten. Sein erstes Lächeln hatte mich verzaubert, seine ersten Schritte tat er an meiner Hand und sein erstes Wort lautete Bobetschi, Omi, wie ich es ihm immer wieder vorgesagt hatte.

Auch David wurde eine unerwartete Glückssträhne zuteil. Ich hatte schon nicht mehr zu hoffen gewagt, dass er jemals eine Frau heimführen würde. Mein geschäftstüchtiger Neffe war Frauen gegenüber so schüchtern, dass er nicht einmal in der Lage war, einen Small Talk mit ihnen zu führen. Umso erfreuter war ich, als er mir Esther vorstellte, eine sehr junge Tochter kürzlich eingewanderter Juden aus Deutschland. Der Vater hatte als Webermeister Anstellung in unserer Fabrik gefunden. Das Mädchen, verängstigt und kaum des Englischen mächtig, kam kurz nach der Ankunft in Texas zu mir ins Haus, weil es erfahren hatte, dass hier ein Baby wohnte. Esther schloss Sammy sofort ins Herz und bat, den Kleinen hin und wieder mit der Kinderkarre ausfahren zu dürfen.

Sie war mit dem Baby beschäftigt, als David zum Tee kam, ein Ritual, das wir nur noch selten pflegten. Ohne zu ahnen, dass David der Vorgesetzte ihres Vaters war, radebrechte Esther ein paar freundliche Wort, erzählte, dass sie hier den kleinen Sammy besuchte, weil sie so gern Kinder hütete.

David, der nicht damit gerechnet hatte, bei mir ein fremdes Mädchen anzutreffen, lachte, reichte ihr die Hand und stellte sich vor: »Hallo, ich bin David und wollte gerade bei Tante Pearl einen Tee trinken. Wie heißt du denn?« Esther nannte artig ihren Namen und entschuldigte sich für ihr mangelhaftes Englisch. David verschwieg, dass er in ihr die Tochter seines Webermeisters erkannte, und lud sie ein, mit uns Tee zu trinken.

Drei Monate nach diesem denkwürdigen Treffen war die Hochzeit. David führte seine Esther unter den Baldachin. Das Fest fand im bescheidenen Rahmen in meinem Haus statt. David hätte gerne standesgemäß in einem der großen Hotels in Galveston geheiratet, aber Esthers Vater, dessen gesamtes Vermögen die Nazis beschlagnahmt hatten, war nicht in der Lage, eine Luxushochzeit zu finanzieren. Hab und Gut und seine Heimat hatte er verloren, nicht aber seinen Stolz. Lieber hätte er seiner Tochter die Einwilligung versagt, als dass er sich von seinem künftigen Schwiegersohn die Feierlichkeiten, die traditionell seitens des Brautvaters ausgerichtet wurden, hätte bezahlen lassen.

Esther war guter Hoffnung, das junge Paar bereitete das Heim für den Nachwuchs vor. Obwohl sie bald ihr eigenes Kind in den Armen halten würde, kümmerte sie sich weiterhin liebevoll um Sammy.

Einmal wöchentlich fuhr ich nach Galveston, um Stadtluft zu schnuppern und meine Ohren offenzuhalten, wenn in den Cafés der neueste Klatsch verbreitet wurde. Ich wusste meinen Enkel bei Esther in guten Händen und konnte in aller Ruhe meine Besorgungen erledigen. Seitdem ich David die Verantwortung für die Fabrik übergeben hatte, interessierte sich in Galveston und Umgebung niemand mehr für mein Privatleben.

Ich hatte gerade den Motor meines Wagens ausgeschaltet, als David mir mit einem Brief entgegenkam.

»Vom Anwalt«, sagte er und wedelte mit dem Umschlag. »Es geht um den Gesellschaftervertrag. Arthur war in Austin. Rebekka hatte ihn mal erwähnt während eines Telefonats, aber nichts Genaueres erzählt. Der Vertrag musste geändert werden, weil Leo unerwartet verstorben ist. Wir müssen den Entwurf unterschreiben.«

»Leo?« Nachdem ich bei der Neuordnung der Gesellschaft und den Investitionen der Mischpoche aus Berlin nicht einbezogen worden war, hatte ich nach der ersten Verärgerung die Angelegenheiten schleifen lassen und befunden, dass David meine Vollmachten nicht missbrauchen würde.

»Leo war Arthurs Bruder. Beides die Söhne deines Bruders Arik in Berlin.« Davids Stimme klang ungehalten.

»Leo war doch noch so jung. Ist er verunglückt?«

»Er muss schwer krank gewesen sein, wie Rebekka andeutete. Er hatte es gerade per Schiff nach New York geschafft.«

Mir fiel ein, dass Marlene immer noch als Rechtsnachfolgerin und Alleinerbin meines Anteils eingetragen war. Statt mich um meinen Besitz zu kümmern, hatte ich mein Leben auf Sammy ausgerichtet und die elementaren Angelegenheiten sträflich vernachlässigt. Ich musste unbedingt unseren Anwalt aufsuchen und den neuen Gegebenheiten Rechnung tragen, damit mein Enkel als rechtmäßiger Erbe eingetragen wurde.

»Arthur schlägt vor, dass wir ihn als Erbberechtigten akzeptieren und Leos Anteil auf seinen Namen umschreiben lassen. Er fürchtet Komplikationen wegen der unterschiedlichen Erbschaftsgesetze in New York und Texas.«

»Wenn Sammy schläft, schaue ich mir die Unterlagen an. Telefoniere bitte mit dem Anwalt und lasse dir schnellstmöglich einen Termin geben. Für uns beide.«

»Es reicht doch, wenn wir beide den Entwurf akzeptieren.«

David, der im siebten Ehehimmel schwebte, war offensichtlich nicht geneigt, den Vertrag zu prüfen. Ich fragte mich, ob er damals bei der Neugestaltung, als Ariks Söhne ihre Anteile investiert hatten, überhaupt den ganzen Inhalt zur Kenntnis genommen oder ob er sich einfach auf den Anwalt verlassen hatte.

Ich schlug meinem Neffen vor, uns am nächsten Tag zusammenzusetzen, um gemeinsam den neuen Vertragsentwurf durchzugehen. Vielleicht rührte seine Nachlässigkeit ja daher, dass er nur zehn Prozent, also einen eher unbedeutenden Anteil, hielt. Dass auch bei ihm Änderungen in der gesetzlichen Erbfolge anstanden, hatte er vermutlich nicht bedacht; sein Status als verheirateter Mann war noch frisch und das Kind, das Esther unter dem Herzen trug, hatte noch keinen Namen.

Am Vorabend hatte ich, wie geplant, das Dokument auf Herz und Nieren geprüft. Ich fand keinen Anhaltspunkt, ob das Erbrecht des Staates galt, in dem sich das Unternehmen befand, oder das Erbrecht der Staaten, in denen die Gesellschafter wohnten, beziehungsweise ob sich daraus Konflikte ergeben könnten.

David, der mein Unternehmen weise und vorausschauend führte, sollte künftig fünf Prozent meiner Beteiligung erhalten und seine Dotierung als geschäftsführender Gesellschafter musste festgeschrieben werden. Ich wollte auf der Benennung eines berechtigten Nachfolgers bestehen, für den Fall, dass Arthur, den ich nicht kannte, seinen Rechten und Pflichten nicht mehr nachkommen konnte. Sammy sollte als Alleinerbe meiner Anteile eingetragen werden, die vor Vollendung seines einundzwanzigsten Lebensjahrs unter keinen Umständen angetastet und später in ihrer Gesamtheit nur nach Abstimmung mit den anderen Teilhabern veräußert werden durften.

Überrascht nahm David zur Kenntnis, dass ich ihm fünf Prozent meiner Anteile abtrat. Dieser gute Junge hatte nie darauf spekuliert, mein Erbe anzutreten. David stimmte meinen Änderungen und Ergänzungen vorbehaltlos zu und entschied, Esther als seine Erbin registrieren zu lassen.

Drei Wochen vor dem errechneten Termin kündigten heftige Wehen die bevorstehende Geburt von Esthers Baby an. Der Vollmond wies mir den Weg durch die nächtliche Finsternis. Esther hatte nach mir schicken lassen, nicht ahnend, dass ich am Bett einer Gebärenden eine absolute Fehlbesetzung war. Ich nutzte meine ganze Energie, mich Esther, die in meinen Augen fast noch ein Kind war, zuzuwenden. Ich redete ihr gut zu und wischte mit einem feuchten Tuch über ihre verschwitzte Stirn. Vor meinem geistigen Auge sah ich mich selbst klagend und vor Schmerzen gekrümmt auf dem Bett liegen. Ich beschwor Esther, dass ihr Leiden bald vorüber sei, sie die glücklichste Frau der Welt sein und das schönste Kindchen im Arm halten würde. Esther sah mich mit glänzenden Augen an, sie schien mir zu glauben, schließlich sprach ich aus Erfahrung. Dass ich meine Erinnerung schon deshalb schönredete, um die Stunden an ihrem Bett durchzustehen, musste sie nicht wissen.

Ich spürte, dass sich meine Anwesenheit ungünstig auf den Geburtsfortschritt auswirkte. Trotz der kurzen Abstände zwischen den Wehen ging es nicht vorwärts. Erst als Esther völlig erschöpft war, ließ sie sich umstimmen und erlaubte mir, Sally um Hilfe zu bitten.

Sally und eine andere schwarze Frau bugsierten Esther in eine kniende Position, singend stabilisierte Sally ihren Rücken, während die andere Esthers Unterarme hielt und ihr einen entspannenden Atemrhythmus vorgab.

»Bringen Sie kochendes Wasser und saubere Tücher«, bat mich Sally, die als Zeugin meiner eigenen desaströsen Entbindung wohl ahnte, welch schlechte Ausstrahlung von mir ausging. Dankbar für diese Aufgabe ging ich in die Küche, wo David ruhelos umherlief.

»Sei unbesorgt, Esther hat die beste Unterstützung, die sie sich wünschen kann«, beantwortete ich seinen fragenden Blick und wies ihn an, große Töpfe mit Wasser zu füllen und auf den Herd zu stellen.

Von den Vorgärten der Schwarzen drang der erste Hahnenschrei herüber. Im Haus war ein geschäftiges Hin und Her zu vernehmen. Seit Stunden leistete ich David in der Küche Gesellschaft, als die Schlafzimmertür endlich einen Spaltbreit geöffnet wurde. Sally streckte ihren Kopf heraus und winkte uns nach drinnen.

Gestützt von einem riesigen Paradekissen, empfing uns eine strahlende Esther mit einem Bündel im Arm. »Unser Sohn«, flüsterte sie und reichte David das Menschlein. Ein runzliges Köpfchen mit dichtem, tizianrotem Haar lugte aus einem in ein Einschlagtuch gepackten Knäuel hervor.

Der Anblick des kleinen Wesens bescherte mir einen Augenblick vollkommener Glückseligkeit. Stumm dankte ich dem Schicksal für dieses unerwartete Geschenk.

Leise wandte ich mich zum Gehen und überließ die kleine Familie ihrer Innigkeit.

Sammy streckte mir seine prallen Ärmchen entgegen und sah mich schluchzend an. »Bobetschi, wo warst du?« Das von Sally in mein Haus geschickte Mädchen, das während unserer Abwesenheit nach Sammy sehen sollte, hatte den Kleinen trotz ihrer Beteuerungen, wir würden bald wiederkommen, nicht beruhigen können. Immer noch tief gerührt vom Anblick des Neugeborenen, drückte ich Sammy fest an mich und flüsterte ihm unzählige Koseworte ins Ohr, sagte ihm, wie sehr ich ihn liebe. Dieser kleine Junge, den niemand hatte haben wollen, schenkte mir das größte Glück. Seit er bei mir war, lebte ich im Hier und Jetzt, alle Wehmut und auch die Rastlosigkeit waren von mir abgefallen wie welkes Laub von einem Baum im Herbst.

Der namenlose Ort im Galveston County, wo sich Samuels *Cotton Fields* befanden, hatte sich im Laufe der Jahre zu einem richtigen Städtchen entwickelt. Außer der *Cotton Mill* waren eine Siedlung von Mehrfamilienhäusern für die eingewanderten Arbeitskräfte, eine Krankenstation und ein Schulhaus errichtet worden. Es gab ein Postamt und eine kleine Kapelle, in der sowohl die Christen als auch die Juden ihre Gottesdienste hielten.

Nach seiner Hochzeit war David aus der Junggesellenwohnung neben dem Büro ausgezogen und hatte für sich und seine Familie ein modernes Haus bauen lassen. Gepflasterte Wege führten zwischen den Wohnhäusern und Fabrikgebäuden, und verbanden die Lager- und Verarbeitungsstätten der Rohbaumwolle mit den Hütten der Schwarzen.

Seit Sammy sich in meiner Obhut befand, bemerkte ich die Veränderungen rings umher kaum. Wenn sie mir doch ins Auge fielen, wunderte ich mich über meine Gleichgültigkeit und fragte mich, wo meine Aufmerksamkeit geblieben sein mochte. Außer den schwarzen Frauen, die immer noch die Hütten hinter meinem Haus bewohnten und sich genauso wie vor zwanzig Jahren schwatzend in Sicht- und Hörweite aufhielten, bekam ich nur wenig vom Treiben auf den Feldern und in den Produktionsstätten mit.

Im Frühjahr 1938 stieß ich bei der Lektüre des *Houston Chronicle* auf einen Artikel über den Anschluss Österreichs an das Deutsche Reich. Einzig und allein Mexiko hatte gegen dieses rechtswidrige Vorgehen protestiert. Jedes Mal, wenn ich etwas über Mexiko vernahm, überkam mich ein seltsames, widersprüchliches Gefühl. Der Sommer mit Diego durchdrang meine Erinnerung wie ein Film, an dessen Ende ich in Gestalt der Artemis, goldene Pfeile haltend, meinen Liebhaber fortjagte.

Um die mexikanischen Wanderarbeiter, die nach wie vor zur Erntezeit auf unseren Feldern schufteten, kümmerte ich mich nicht mehr. Manchmal fanden sich mexikanische Zeitungen – meist alte – in Davids Büro oder irgendwo auf den Feldern, in der Fabrik oder einfach achtlos am Wegesrand. Vielleicht schnürten die Wanderarbeiter ihr Bündel darin, oder die Lastwagenfahrer hatten sie von irgendwoher mitgebracht, ihr Obst darin eingeschlagen ... Ich war begierig, sie zu lesen, zu erfahren, was die Menschen in diesem nahen und doch so fernen Land bewegte. Immer mehr Juden flüchteten aus Nazi-Deutschland und suchten in Mexiko eine neue Heimat – auf Zeit oder auf Dauer – wer wusste das schon? David und ich fragten uns, wie die Deutschen dort zurechtkamen. Die Hitze, die Sprache, diese Andersartigkeit im Denken und Handeln – wie sollten sie in der Fremde Fuß fassen? David bezeichnete Mexiko als *gutes Land,* hatte es im Spanischen Bürgerkrieg doch auf der Seite der Republik gestanden und offen Unterstützung geleistet.

Hinter all unseren Gedanken und Überlegungen standen die unausgesprochenen Sorgen um Arik und Lilly in Deutschland, die nach Leos Tod Berlin verlassen hatten und sich auf irgendeiner Insel in der Ostsee unsichtbar zu machen versuchten.

Es wäre wohl kaum jemandem eingefallen, mich als abergläubisch zu bezeichnen, aber was nun geschah, erschien mir wie von höheren Mächten oder bösem Zauber eingefädelt. Ich las die mexikanischen Zeitungen, soweit ich ihrer habhaft werden konnte, diskutierte mit David über die mexikanische Politik, und manchmal versuchte ich, Sammy ein paar Brocken Spanisch beizubringen. Das Kind sollte mit den Sprachen seiner Vorfahren vertraut gemacht werden. Esther sprach Jiddisch mit ihm, David, unsere Hausmädchen und ich sprachen Englisch. Ich sang ihm die Lieder der mexikanischen Baumwollpflücker vor, die ich in all den Jahren aufgeschnappt hatte. Die Stunden mit meinem kleinen Enkel ließen meine Sorgen und Ängste in den Hintergrund treten und bescherten mir ein Gefühl von heiterer Leichtigkeit, wie ich es selten im Leben erfahren hatte.

Zum Schabbesmahl hatten wir ein paar deutschstämmige Juden aus Galveston eingeladen, die seit fast einem halben Jahrhundert hier ansässig waren. Auch sie bangten um ihre in Deutschland verbliebenen Verwandten, an die sie erst seit der Bedrohung durch die Nazis wieder dachten. Wir sprachen offen über unsere Befürchtungen, fragten uns, wem es gelingen könnte, diesen unsäglichen österreichischen Gefreiten und sein Gefolge auszuschalten. Wir saßen an diesem Abend auf der Porch und diskutierten, stellten Vermutungen an und wollten allen Hinweisen zum Trotz nicht glauben, welches Schicksal den Juden in Deutschland drohte.

Das Gespräch zog mich dermaßen in den Bann, dass ich den Tumult, der sich am Eingang abspielte, erst bemerkte, als Esther aufgeregt auf mich zugelaufen kam. Trotz der abendlichen Kühle war sie auf den wenigen Metern ins Schwitzen geraten. »Tante Pearl«, stammelte sie und wies mit ausgestrecktem Arm Richtung Eingang. »Da sind Männer, einer von ihnen behauptet, dich schon lange zu kennen, er fragt, ob du noch lebst.«

In den vierzig Jahren, die ich auf der Plantage lebte, waren so viele Menschen hier ein- und ausgegangen, dass ich mich über spontane Besucher nicht wunderte. Zwar war der Besucherstrom abgeflaut, seitdem David die Leitung übernommen hatte, aber hin und wieder kamen Leute, mit denen ich vor langer Zeit zu tun gehabt hatte, auf einen Schwatz vorbei, wenn sie in der Gegend beschäftigt waren.

Esther zappelte wie ein Schulmädchen und griff meinen Arm, um mich vom Stuhl hochzuziehen.

»Warum lässt David die Männer nicht einfach herein? Er soll sie zu mir führen!«

Esther schüttelte den Kopf. »Ich glaube, es sind Mexikaner.«

Ich erhob mich und trotte der aufgeregten Esther hinterher. David und Esthers Vater standen breitbeinig und gestikulierend bei den Männern und versperrten ihnen den Zugang zum Haus. Offensichtlich waren die Fremden des Englischen nicht mächtig.

»David!« Meine Stimmbänder vibrierten. Erschrocken hielt mein Neffe inne, drehte sich zu mir um, ohne sich von der Stelle zu rühren.

»Auf meinem Grund und Boden wird niemandem der Zutritt verwehrt. Was ist denn hier los?«

David und sein Schwiegervater standen wie festgewachsen vor den Fremden. »Lasst mich durch, kehrt ins Haus zurück.« Wie früher, wenn mir eine Situation missfiel, war ich in einen harschen Tonfall verfallen. Meine selbsternannten Beschützer stoben auseinander und gaben den Blick auf die vermeintlichen Eindringlinge frei.

Wie vom Donner gerührt starrte ich die Männer an. Trotz seiner gebeugten Haltung und der tiefen Furchen, die sich entlang der Nase zum Kinn gegraben hatten, erkannte ich ihn sofort: Diego! Sammys Großvater. All diese Gedanken schossen durch meinen Kopf, ich war unfähig ein Wort zu sagen.

War ich von einem bösen Zauber besessen, sodass Diego kraft meiner Gedanken, in denen Mexiko immer mehr Raum beanspruchten, den Weg hierher gefunden hatte?

»Hola, Perlita«, begrüßte er mich. Seine Stimme klang genauso jungenhaft wie vor siebenunddreißig Jahren.

»Diego! Willkommen!« Diego, in dessen Augen ich sah, wenn ich Sammy betrachtete.

»Buenas noches, señora«, grüßten seine beiden Begleiter.

»Meine Söhne.« Diego wies auf die jüngeren Männer, ohne mir ihre Namen zu nennen.

Er sah mich mit dem gleichen Blick an, mit dem er mich schon damals erweicht hatte. Als er mir die Hand reichte, übermannten mich Erinnerungen, in meinem Leib regte sich ein längst vergessenes Gefühl. Am liebsten wäre ich stehen geblieben und hätte mich diesen Empfindungen hingegeben.

Die offene Porch gab den Blick auf den Eingang frei, sodass meine Gäste die Szenerie beobachten und das Gespräch hören, wenn auch nicht verstehen konnten. Ich musste diese seltsame Situation schleunigst beenden. Die Mexikaner an den Schabbestisch zu bitten, war ebenso unmöglich, wie sie draußen stehen zu lassen. Ich entschied, sie zum Pavillon an der Südseite des Hauses zu führen. Ich versprach, ihnen Getränke und einen Imbiss bringen zu lassen und später wiederzukommen.

»Hier ist alles verändert, ich hatte schon befürchtet, die Plantage nicht wiederzufinden.« Diego grinste, stolz, diese unerwartete Herausforderung gemeistert zu haben. Seinen Söhnen habe er von klein auf immer wieder von seiner Arbeit auf meiner Baumwollplantage erzählt und nun, nach diesem furchtbaren Schicksalsschlag, hätten sie Mexiko für immer den Rücken gekehrt. Ihnen blieb nichts anderes übrig, als sich in der Ferne ein neues Leben aufbauen.

Ein furchtbarer Schicksalsschlag? Ich fragte mich, was geschehen war und überlegte, ob ich Diego ermutigen sollte, Einzelheiten zu erzählen. Das Schicksal schlägt zu, wenn man es am wenigsten erwartet. Und mein Lostopf mit den Nieten war schon längst voll: Anderer Leute Elend ging mich nichts an. Diego, dieser warmherzige und zärtliche Mann, richtete seine Wahrnehmung genau wie früher nach innen und ließ sich von seiner Trauer und seinen Ängsten leiten. In dieser Hinsicht hätten wir damals gut zueinander gepasst, denn auch mir fehlte die Fähigkeit, mich in andere Menschen hineinzuversetzen.

Mir war bewusst, dass Diego keine Ahnung hatte, was er mit seinem Auftauchen hier auslöste. Anders als mir war ihm in seinem Leben die Chance, sein Denken und Handeln immer wieder zu überprüfen, versagt geblieben.

»Diego, ich weiß nicht was geschehen ist. Ich werde mit meinem Neffen, der jetzt hier der Boss ist, sprechen und fragen, ob er eine Arbeit für dich und deine Söhne hat.

Heute feiern wir den Schabbes und ich möchte mich um meine Gäste kümmern.«

Diego sah mich verständnislos an. Seine Söhne saßen mit gesenkten Köpfen am Tisch und rührten die Köstlichkeiten, die Grace, unser Hausmädchen seit Sallys Tod, ihnen aufgetragen hatte, nicht an.

»Ich denke, dass ihr fürs Erste hierbleiben könnt, wartet bis morgen, dann werden wir weitersehen.«

David war herausgekommen, um zu sehen, welche Bewandtnis das Auftauchen der fremden Männer hatte. Mit einem Kopfnicken bat ich meinen Neffen in den Pavillon.

»Das ist mein Neffe, Mr. Rosenzweig. Und das ist Diego, er war vor vielen Jahren Baumwollpflücker auf meiner Plantage; er hat seine Söhne mitgebracht. Sie suchen Arbeit.«

David nickte. Diego und seine Söhne erhoben sich von ihren Plätzen, schlugen geräuschvoll die Hacken zusammen und nuschelten: »Buenas noches, señor.«

»Kommt morgen in mein *Office*, dann will ich sehen, was sich machen lässt. Drüben in den Unterkünften bei den Feldern sind sicherlich noch ein paar Betten frei.«

Diego sah enttäuscht drein, offenbar hatte er erwartet, dass sich jemand von uns ausführlich mit ihm unterhalten würde.

»Drüben sitzen die Mexikaner, geh doch hin und erzähle von deiner Arbeit hier. In den fast vierzig Jahren hat sich vieles verändert, aber die Baumwolle wird immer noch von den Jungs aus Mexiko gepflückt.« Ich wollte nicht den Rest des Abends mit Diego verbringen. Ich empfand es nicht nur als Pflicht, sondern auch als Bedürfnis, mich um die Schabbesgäste zu kümmern.

»Ungelegener Besuch?«, spekulierten die Galvestoner, als ich mich wieder an den Tisch setzte.

Ich lächelte und schüttelte den Kopf: »Bei mir kommt niemand ungelegen; ich führe ein offenes Haus, das war schon so, als ich vor fast vierzig Jahren hier in eine windschiefe Holzhütte einzog.«

Nicht nur die Gäste, sondern auch David und Esther schauten mich irritiert an. Niemand ahnte, wie es hier ausgesehen hatte, als ich die Baumwollfarm übernahm.

»Das sind ein paar Mexikaner, die früher hier auf der Plantage gearbeitet haben«, antwortete ich und sah die Enttäuschung in den Gesichtern derjenigen, die zuvor im Gemenge am Eingang etwas Skandalöses vermutet hatten.

Einige Tage später – ich war auf dem Weg zu Esther, die Sammy wie gewohnt ein paar Stunden hüten wollte – passte mich Diego ab. Mein Enkel presste seine Hand in meine, drückte seinen kleinen Körper an mich und fragte leise: »Wer ist dieser Mann, Bobetschi?«

»Das ist der alte Sejde«, Der Großvater – ich sprach Jiddisch und hoffte, Sammy würde sich viel später dieser Worte erinnern. Ich fragte mich, ob Diego nicht auffiel, dass Sammy ihm wie aus dem Gesicht geschnitten ähnelte.

»Der Sohn deines Neffen?« Offensichtlich hatte Diego, der kein Jiddisch verstand, schon mit David gesprochen und war trotz der rudimentären Englischkenntnisse inzwischen über dessen Familienverhältnisse im Bilde.

»Das ist Sammy, mein Enkel.«

Diego, der heute genauso wenig wie seinerzeit mein Alter ahnte, fragte erstaunt, ob ich Kinder hätte.

»Diego, es ist viel Zeit ins Land gegangen und es ist vieles geschehen.« Ich wusste nicht, ob David ihm und seinen Söhnen eine Arbeit angeboten hatte, und vermutete, dass Diego deswegen zu mir gekommen war.

»Es ist vieles geschehen, da hast du recht. Mit einem Schlag war alles vorbei ...« Diego schluchzte.

Ich wollte das Gespräch nicht auf offener Straße und vor Sammy fortsetzen. Ich wollte überhaupt nicht mit Diego reden, er gehörte nicht in mein Leben, und meine Zeit war begrenzt. Ich sah ihn an, und vor meinem geistigen Auge erschien der junge Mann von damals. Meine Scham legte sich wie eine Klammer um meine Stimmbänder. Ich durfte ihn nicht noch einmal kränken.

»Geh auf die Porch und warte auf mich, ich muss Sammy wegbringen und bin bald zurück.« Anders als sonst hielt ich mich nicht bei Esther auf. Ich schickte Sammy ins Haus, winkte ihm hinterher und machte auf dem Absatz kehrt.

Diego erwartete mich schon ungeduldig an der Balustrade und setzte zum Sprechen an, bevor ich die Porch betreten hatte. Ich hatte mir vorgenommen, ihm zuzuhören und zu helfen, ohne seiner Trauer oder seinem Charme zu erliegen.

»Ich habe dich nie vergessen, Perlita, glaub mir. Lass mich hier bei dir bleiben, ich werde arbeiten, meine Söhne werden arbeiten. Sie haben die Schule besucht, sie können lesen und schreiben und werden schnell Englisch lernen.«

»Hat David euch einen Job angeboten?«, unterbrach ich ihn.

»Du musst wissen, was geschehen ist. Eine Katastrophe, wir können nicht nach Mexiko zurück.«

Diego wollte bei mir bleiben! Ausgeschlossen! Dennoch machten mich seine Andeutungen neugierig und ich musste wohl oder übel weiter zuhören, wenn ich mehr erfahren wollte.

»Ein Feuer! Als meine Söhne und ich nach Hause kamen, stand alles in Flammen. Unser Haus und ein paar Nachbarhäuser. Meine Frau, die Frauen meiner Söhne und meine Enkelkinder konnten sich nicht retten. Sie sind tot! Alle sind tot.« Diego gestikulierte mit den Armen, als kämpfe er gegen unsichtbare Dämonen.

»Die Polizei sagte, es sei unsere Schuld. Meine Schuld und die meiner Söhne. Wir hatten elektrische Leitungen verlegt, es hieß, die Kabel seien beschädigt gewesen, dadurch sei das Feuer ausgebrochen. Ich sollte für die Schäden an den Nachbarhäusern bezahlen. Die Polizei wollte uns ins Gefängnis stecken. Wir sind abgehauen, hofften, bei meinen Töchtern Unterschlupf zu finden, aber sie haben uns als Mörder beschimpft und weggejagt.«

Über mexikanische Gefängnisse war mir schon manches zu Ohren gekommen, und selbst wenn Diego aus Unwissenheit schuld an dem Unglück gewesen war, hatten er und seine Söhne doch den größten Verlust erlitten. Die Frauen und Kinder tot! Ich verstand seine Verzweiflung. David würde ihm Arbeit geben müssen – falls er das nicht schon getan hatte. Diego und seine Söhne sollten in eine der Arbeiterwohnungen einziehen, dafür würde ich sorgen. Ich hoffte, dass es in der Fabrik Hilfsarbeiten gab, die die drei Mexikaner erledigen konnten.

In meinem Haus allerdings, oder auch nur in meiner Nähe gab es keinen Platz. Weder für Diego noch für jemand anderen.

»Du hast Schlimmes erlebt, Diego. Wie gut, dass du mit deinen Söhnen fliehen konntest.«

»Perlita, lass mich einfach bei dir bleiben.«

Wie so oft, wenn ich unter Druck geriet, züngelte die Schlange der Ungeduld in meinem Innersten. Mir musste schnell eine eindeutige Aussage einfallen, bevor ich vor Wut explodierte. Ich fächerte mir Luft zu, zwang mich, ruhig stehen zu bleiben, eine unnahbare Miene aufzusetzen und atmete tief ein.

»Mr. Rosenzweig wird sich um euch kümmern. Du bist ein stolzer Mann, also benimm dich so und höre auf, dich wie ein ungezogener kleiner Junge zu verhalten. Nenne mich nicht mehr Perlita. Für dich und alle anderen, die hier arbeiten, bin ich *Madam*.«

Diego räusperte sich und schüttelte den Kopf. Bevor er das Wort ergreifen konnte, wies ich zur Tür: »Geh jetzt, Mr. Rosenzweig ist im *Office*, er wird alles regeln. In meinem Privathaus hat keiner der Arbeiter etwas zu suchen.«

Ich konnte mich nicht erinnern, jemals meinen Geburtstag gefeiert zu haben. Es war immer ein Tag wie jeder andere gewesen. Meist hatte ich das Besondere dieses Datums nicht einmal zur Kenntnis genommen. Bis auf das eine Mal, als ich fünfzehn wurde. Da hatte mein Vater mir geraten, auf mein Äußeres zu achten, auf dass ich einen Bräutigam fände, der mich unter den Baldachin führen und künftig für mich sorgen würde. Ich war fünfzehn und hübsch, und nachdem ich mit dem, der sich als mein Bräutigam ausgab, unter dem Baldachin hervorgetreten war, schlug Vaters Prognose ins Gegenteil um: Ich musste für mich selbst und für meinen Angetrauten sorgen!

Nun ließ David verlauten, dass er anlässlich meines achtzigsten Geburtstags eine große Feier im *Garten Verein* in Galveston veranstalten und neben der Mischpoche auch alle Bekannten und Geschäftspartner einladen wollte.

»Es wird eine wunderbare Feier, alle werden dich auf Händen tragen«, schwärmte David, und Esther war so begeistert, als ginge es um ihr eigenes Fest.

»Wir sollen feiern, obwohl in Europa Krieg herrscht und das Damoklesschwert über meinem Bruder und seiner Frau schwebt? Und Rebekka? Sie wird nicht reisen können! Dein Vater, deine Brüder mit ihren Frauen – glaubst du wirklich, dass sie sich für meinen Geburtstag interessieren und die Strapazen der Reise auf sich nehmen werden?«

»Tante Pearl, immer findest du Einwände!«

Einerseits stimmte ich David zu – um Einwände und Ausreden war ich nie verlegen. Andererseits fragte ich mich, wie angesichts der Entwicklung in Europa Feststimmung aufkommen sollte. Hitler hatte mit seiner Armee Polen und Russland besetzt, die westlichen Nachbarländer überrannt, und Großbritannien und Frankreich befanden sich im Krieg mit Deutschland. Nach allem, was mir Arthur anvertraut hatte, waren die dorthin geflohenen Juden nun schutzlos ihren Häschern ausgeliefert. Warum sollte ich in diesen Zeiten Geburtstag feiern, schließlich war ich bislang auch ohne Fest durchs Leben gekommen! Ich wollte meinen Neffen nicht beunruhigen, deshalb verschwieg ich meine Befürchtungen: Der *Garten Verein* war von Deutschstämmigen gegründet worden, und ein gewisses, mir fremdes Deutschtum wurde dort weiterhin zelebriert. Konnten wir sicher sein, dass uns die Leute allesamt wohlgesonnen waren? Gab es unter ihnen vielleicht doch Antisemiten – in diesen Tagen, wo Antisemitismus in Europa wieder salonfähig war?

Samuels Söhne? Bis auf David hatte ich mit keinem von ihnen näheren Kontakt. Und mein mürrischer, knauseriger Bruder selbst? Ich musste David von seinem Vorhaben abbringen.

»Du weißt, dass ich selbst entscheiden möchte, was mich betrifft.«

David schaute mich irritiert an. Mir war bewusst, dass er mir eine Freude machen wollte – und ebenso wusste ich, dass David nicht ahnen konnte, was in mir vorging. Solange niemand meine Geschichte kannte, solange würde mich niemand verstehen. Und lieber blieb ich bis zum Lebensende unverstanden und sonderbar, als dass ich meine Vergangenheit offenbarte, die ohnehin nicht mehr zu ändern war.

»Nein, David. Wir werden keine Feier in Galveston veranstalten. Schlag dir das aus dem Kopf. Mein Leben findet hier auf der Plantage statt, hier umgeben mich Menschen seit vielen Jahren, die mir treu zur Seite stehen. Mit ihnen werde ich feiern.«

»Wie stellst du dir das vor? Wer soll das Dinner zubereiten?« In seinem Elternhaus hatte David keine Feiern kennengelernt. Zum Schabbes und zu Chanukka bereiteten die Dienstmädchen ein mehr oder weniger aufwendiges Mahl nach Iljanas Anleitung zu. Dies hatte ganz offensichtlich keine gute Erinnerung bei David hinterlassen.

»Wir werden Sitzbänke aufstellen, Steaks besorgen und ein Barbecue machen. Wir werden die Arbeiterfrauen bitten, irgendeine Spezialität aus ihrer Heimat zuzubereiten und die schwarzen Frauen werden die Tafel mit ihren traditionellen Gerichten bereichern. Wir werden alle viel Spaß haben und Neues kennenlernen.«

»Willst du tatsächlich die Geschäftspartner mit dieser einfachen Kost bewirten? Wir können sie doch unmöglich mit den Schwarzen an einen Tisch setzen!«

Ich atmete tief ein und aus – so, wie es mir Ted geraten hatte. David behandelte die schwarzen Baumwollarbeiter nicht anders als die weißen Fabrikarbeiter, allerdings schienen gewisse Vorbehalte – ein untergründiger Rassismus – tief in ihm verwurzelt zu sein, obwohl er von den schwarzen Kinderfrauen und Dienstmädchen mehr liebevolle Zuwendung erfahren hatte, als seine Eltern ihm gegeben hatten.

»Es ist doch meine Feier«, vergewisserte ich mich.

»Ja, sicher«, bestätigte David verwirrt.

»Als Gastgeberin bestimme ich, wen ich einlade. Und sollte sich einer der Gäste dabei nicht wohlfühlen, bleibt es ihm unbenommen, das Fest zu verlassen.«

David sah mich skeptisch an. »Meine Arbeiter und ihre Familien drüben in den Wohnhäusern sind ja eher unter sich. Ich meine, sie haben mit den Schwarzen auch nichts zu tun.«

»Nur solange sie sich kein Hauspersonal leisten können«, wandte ich mit grimmiger Miene ein. Die Frauen der Webermeister ließen die unangenehmen Hausarbeiten schon von schwarzen Dienstmädchen erledigen, und es würde nicht mehr lange dauern, bis sie ihre Nachkommen in die Obhut von schwarzen Kindermädchen gaben.

Offensichtlich hatte David nicht mit dieser Wende gerechnet. Seine Vorstellung von einer Feier zu meinem Geburtstag, bei der sich nebenbei Geschäftsbeziehungen vertiefen oder neu knüpfen ließen, war an meinem Veto gescheitert. Und nicht nur das: Ich erwartete von ihm, sich über gesellschaftliche Konventionen hinwegzusetzen, selbst auf die Gefahr hin, dass ihm dies zum Nachteil gereichen würde.

Jahrzehntelang war ich nicht auf die Idee gekommen, meinen Leuten für ihre Treue und Zuverlässigkeit mit einer gemeinsamen Feier zu danken. Chanukka, Weihnachten und all die überlieferten Feste der Schwarzen, deren Vorfahren als Sklaven nach Texas gekommen waren und nichts als ihre Traditionen hatten weitergeben können, hatten die Arbeiter Jahr für Jahr mit ihren Glaubensbrüdern und -schwestern gefeiert, aber ein Fest für alle hatte es nie gegeben. Ich schämte mich und wollte wenigstens einmal am Ende meines Lebens – wie ich annahm – mit allen, die mir so treu ergeben und an der Entwicklung der Plantage und der Fabrik beteiligt gewesen waren, ein fröhliches Fest feiern.

Der Gedanke gefiel auch David – aber hierzu könne man doch unmöglich Verwandte, Bekannte und Geschäftspartner einladen. Das sei ein Affront! Ganz abgesehen von den Schwarzen würden die feinen Herren sich auch nicht zusammen mit Arbeitern an die Tafel setzen, erst recht nicht zu einer Art Picknick, wo die Damen um ihre elegante Garderobe fürchten müssten.

»Wir veranstalten zwei Feiern! Zum Barbecue laden wir die Fabrikarbeiter mit ihren Familien, die schwarzen Plantagenarbeiter samt Anhang und das Hauspersonal ein. Mit den Geschäftspartnern, Freunden und Bekannten und der Mischpoche feiern wir wie geplant im *Garten Verein*.«
Davids Lächeln, das sich bei seinem – wie er offenbar meinte – genialen Vorschlag auf seinem Gesicht ausbreitete, verschwand schlagartig, als er in meine düstere Miene blickte.

»Mein Geburtstag wird hier gefeiert. An dem Tag, an dem ich achtzig werde. Ich werde die Einladungen gestalten und verschicken. Wenn du auf deine Kosten Gäste nach Galveston einladen willst, ist dir dies unbenommen. Unser Unternehmen hat bislang niemanden in ein öffentliches Etablissement eingeladen, und das wird auch nicht geschehen, solange ich die Mehrheit an der Gesellschaft halte.«
Ich weiß nicht, was mich dazu brachte, mich derart in Rage zu reden. Dass ich mich schämte und David am liebsten um Verzeihung gebeten hätte, wollte ich nicht zugeben.

Mit gesenktem Kopf verließ David mein Haus.

Ich fragte mich, warum ich mitunter so boshaft reagierte, und bezweifelte, dass David meine Beweggründe verstand. Dieser Hochmut, mit dem die Reichen auf diejenigen herabsahen, die ihren Reichtum erst ermöglichten, dieses Sklavenhalterdenken, mit dem sie ihre gelangweilten Ehefrauen ermunterten, sich selbst mit Wohltätigkeitsveranstaltungen zugunsten der von ihnen Ausgebeuteten zu beweihräuchern, war es, was mich anwiderte, seitdem ich in Amerika Fuß gefasst hatte. Warum sollte ich diejenigen einladen, die ohnehin alles besaßen? Warum wollte David das?

»Bobetschi, Bobetschi, ich habe heute eine ganze Geschichte auf meiner Tafel geschrieben, und ich war als Erster fertig.« Sammy, der inzwischen in die erste Klasse ging, kam aufgeregt ins Haus gelaufen, und meine Wut verrauchte. Wenn der Junge in meiner Nähe war, wich jede Anspannung aus meinen Gedanken und mein Herz wurde weich. Noch ließ er sich von mir liebkosen, aber ich wusste, dass diese Nähe nicht mehr lange Bestand haben würde. Stolz zeigte er mir seine Schiefertafel, fuhr mit dem Zeigefinger den fehlerlosen Text entlang und las mir laut vor.

Grace hatte bereits das Mittagessen aufgetragen und trommelte unruhig mit den Fingern auf dem Esstisch. Sie aß mit uns zusammen, nahm jedoch erst Platz, nachdem Sammy und ich uns gesetzt hatten.

»Sammy, wasche deine Hände und setze dich an den Tisch, ich möchte euch etwas erzählen.«

Grace sah mich neugierig an und wartete ungeduldig auf meinen Enkel, der sich alle Zeit der Welt ließ.

»Im Herbst werden wir ein großes Barbecue veranstalten, und alle, die hier wohnen, werden eingeladen.«

Grace zog eine Schnute, ließ die Schultern hängen und begann, in ihrem Essen herumzustochern. Ohne sie zu beachten, fragte Sammy, ob es da ein großes Lagerfeuer geben würde. Er wollte so gern Marshmallows an einem Stock darin brutzeln lassen. Ich nickte geistesabwesend und registrierte Graces abweisende Haltung. »Magst du kein Barbecue, Grace?« Sie zuckte mit den Schultern und wischte sich eine Träne von der Wange. »Ich mag nicht das Essen zubereiten, einen Haufen Leute bedienen und zusehen, wenn sie sich den Bauch vollschlagen.«

»Niemand muss Essen zubereiten und niemand muss bedienen und vor allem muss niemand zusehen. Ich sagte doch, alle sind eingeladen. Jeder, der hier wohnt, Männer, Frauen und Kinder, du und deine Leute genauso wie die Arbeiter in der Fabrik und die Mexikaner.«

Grace sah mich ungläubig an. In all den Jahren hatte ich die Tatsache verdrängt, dass sowohl hier unten am Golf als auch im modernen Austin den Schwarzen der Zugang zu allem, was die weißen Siedler geschaffen hatten, was sie organisierten und veranstalteten, verwehrt wurde. Und das Schlimmste war, dass sie sich fügten. Sie bezweifelten nicht die Rechtmäßigkeit dieser Diskriminierung.

So langsam dämmerte mir, was David meinte. Die meisten Weißen würden es als Affront empfinden, eine derartige Einladung, wie ich sie plante, auch nur zu lesen. Vielleicht würden einige von ihnen hoffen, dass die Schwarzen von sich aus fernblieben? Dennoch wollte ich von meiner Idee nicht abrücken.

Nachdem ich Grace überzeugt hatte, dass sie und alle anderen, die hier lebten und arbeiteten, meine Gäste sein würden, setzte ich mich an den Tisch und begann, die Einladungstexte zu formulieren. Ich schrieb und verwarf, schrieb und verwarf immer wieder aufs Neue. Die Gäste einfach vor vollendete Tatsachen zu stellen, indem sie hier auf *unsere Arbeiter und Schwarze* treffen würden, erschien mir auch nicht richtig. Obwohl mir, ehrlich gesagt, dieses Vorgehen am besten gefallen hätte. Schließlich galt es, eine Formulierung zu finden, die auch die Druckerei in Galveston akzeptieren würde.

Sammy wollte unbedingt nach Galveston mitfahren, er wusste, dass kein langweiliges Treffen im *Garten Verein* auf dem Programm stand. Inzwischen hatte ich einen Einladungstext entworfen, von dem ich hoffte, dass der Drucker, der selbst zum Establishment gehörte, keine Einwände erheben würde:

Herzliche Einladung zum Barbecue anlässlich meines achtzigsten Geburtstags. Feiern Sie mit mir, meiner Familie, all meinen Haus-, Plantagen- und Fabrikarbeitern und meinen Freunden und Geschäftspartnern ein fröhliches Fest in zwangloser Atmosphäre. Bereichern Sie die Tafel mit einer traditionellen Spezialität aus Ihrer Familie ...

»Das wird ein großes Fest«, meinte der Drucker beim Lesen meines Textes.

»Ja, ich werde ja auch schon achtzig; dieses gesegnete Alter erreichen nicht viele. Und natürlich sind Sie auch herzlich eingeladen.«

»In der Fabrik beschäftigen Sie Einwanderer aus Europa?« Der misstrauische Blick des Druckers deutete auf weitere Fragen hin. Ich nickte: »Die Weber und Spinner sind alle sehr erfahrene Fachleute.«

»Und im Haus, auf der Plantage, arbeiten da inzwischen auch europäische Einwanderer?«

Ich lächelte. »Natürlich nicht, die Schwarzen und die Mexikaner stehen mir seit Jahrzehnten treu zu Diensten, warum sollte ich da Einwanderer beschäftigen, die sich auf diese Tätigkeiten nicht verstehen?«

Der Drucker schüttelte kaum merklich den Kopf und seufzte.

»Fünfzig Karten bitte, mit Umschlag. Ich benötige sie in einer Woche.« Ich ließ mir die Überwindung, die mich seine Reaktion kostete, nicht anmerken, schließlich boten noch andere Druckereien in der Stadt ihre Dienste an.

Die schwarzen Frauen und die Frauen und Töchter der Fabrikarbeiter hatten ihre Köstlichkeiten auf einer mit Stoffbahnen überdachten Tafel bereits aufgebaut, als die ersten Gäste erschienen.

Meine Austiner Familie hatte sich mit fadenscheinigen Ausreden entschuldigt. Rebekka war die Einzige, die wegen ihrer Altersbeschwerden tatsächlich nicht teilnehmen konnte und mit größtem Bedauern absagen musste. Die beiden Müller-Mädchen, die seit ihrer Flucht aus Deutschland in Austin Unterschlupf gefunden hatten, wären gern gekommen, hatte mir Rebekka verraten. Die *Müller-Mädchen*, das waren die Töchter einer Cousine von Lilly, der Frau meines Berliner Bruders. Die Mutter der beiden war infolge der Spanischen Grippe kurz nach Ende des Ersten Weltkriegs verstorben. Müller, ihr nichtjüdischer

Vater, hatte gerade noch rechtzeitig Kontakt zu Samuel aufgenommen und ein Affidavit für seine halbjüdischen Töchter erhalten. Warum sie meiner Einladung letztendlich nicht gefolgt waren, blieb mir ein Rätsel.

Arthur war aus New York gekommen, hatte sich tatkräftig am Aufbau der Tische und Bänke beteiligt und die Getränke in eisgefüllten Bottichen in den Schatten der Pekannussbäume gestellt.

Die Galvestoner Familien, die ihr Kommen angekündigt hatten, konnte ich an den Fingern abzählen. Den meisten Einladungen waren Absagen gefolgt. Ich vermochte nicht zu sagen, ob die feinen Herrschaften mich schonen wollten – oder ob man mich für altersstarrsinnig hielt –, aber David hatte sowohl telefonisch als auch persönlich während seiner geschäftlichen Aufenthalte in Galveston Unverständnis und teilweise Entrüstung geerntet. Die Einladung, gemeinsam mit *Niggern und Indios* zu feiern, sei eine Zumutung. David, der aus Loyalität mir gegenüber meine Überzeugung vertreten hatte und seine Bedenken leugnen musste, tat mir leid.

Die Sonne strahlte, Schäfchenwolken zeichneten eine idyllische Szenerie ins Firmament, und ein sanftes Lüftchen wehte die Nervosität fort. Hier, wo die Meeresbrise nur bei starkem Wind für Kühlung sorgte, erfasste in der Hitze eine Trägheit Körper und Geist der Menschen. Heute schwitzte niemand, die Schwarzen bewegten sich ebenso leichtfüßig wie die Mexikaner und die weißen Arbeiter und ihre Familien. Die streng erzogenen und in Sonntagsstaat gekleideten Kinder der Einwanderer trauten sich bald, von der Seite der Mütter zu weichen und nach einer Weile des schüchternen Zuschauens in die Spiele der schwarzen Mädchen und Jungen einzusteigen.

Die auswärtigen Gäste ließen noch auf sich warten, als die ersten Frauen der Fabrikarbeiter ihre Scheu überwanden und mit den schwarzen Frauen zu plaudern begannen, wobei jede Gruppe ein ureigenes Englisch sprach. Obwohl Plantage und Fabrik so miteinander verknüpft waren, dass die Arbeiter der beiden Bereiche aufeinandertrafen, dauerte es bei den weißen Männern länger, bis sie ihre Zurückhaltung den Baumwollarbeitern gegenüber aufgaben.

Arthur hatte Lampions mitgebracht. Die Frauen und Kinder staunten und klatschten vor Begeisterung, als er die farbigen Papierballons an quer über dem Festplatz gespannten Schnüren befestigte. Die Mexikaner betrachteten diese Gebilde mit großen Augen. Weder Arthur noch die europäischen Einwanderer ahnten, welchen Einfluss die aztekische Kultur mit ihren Symbolen immer noch auf die Mexikaner ausübte. Ich fragte mich, ob sie sich fürchteten und den Farben und Mustern der Ballons eine bedrohliche rituelle Bedeutung beimaßen. Erst als einige mutige Arbeiterjungen sich von ihren Vätern auf die Schulter nehmen ließen und die Lampions vorsichtig befingerten, beruhigten sich die Mexikaner.

Nach und nach fanden sich die Galvestoner Gäste ein: Miller, der Automobilhändler mit Gattin und halbwüchsigem Sohn, der Druckereibesitzer mit seiner Frau und den drei Töchtern, Helen, die alleinstehende Leiterin der Mädchenschule, und zwei jüngere Ehepaare, die seit kurzer Zeit im *Garten Verein* verkehrten und vor kurzem aus Deutschland gekommen waren. Miller und der Drucker

hatten mit Spezialitäten aus dem *Deli* zum Buffet beige-
tragen, die anderen Gäste kamen mit selbst zubereiteten
Speisen.

Ich saß mit Helen im Schatten des alten Pekannuss-
baums und beobachtete die Festgesellschaft. Die Gruppen waren mehr oder weniger unter sich geblieben, die
Schwarzen und die Mexikaner hockten schwatzend und
schmatzend auf dem Boden, die Fabrikarbeiter mit ihren Familien saßen sittsam an den Tischen und die Leute
aus Galveston hatten sich ein wenig abseits niedergelassen.

Plötzlich drangen Gesprächsfetzen zu uns herüber, es
klang, als hätten sich Dissonanzen in die Unterhaltung
eingeschlichen.

Helen und ich hielten inne und spitzten die Ohren.

»Dass man uns mit Fabrikarbeitern und Schwarzen an
einen Tisch setzt, finde ich ungehörig«, hörte ich die Frau
des Druckereibesitzers aufgeregt sagen.

»An Ihrer Stelle würde ich nicht zulassen, dass Ihre
süßen Mädchen mit den kleinen Wilden spielen«, heizte
Mrs. Miller die Unterhaltung an.

»Befürchtest du, die Jungs würden abfärben und deine Zicklein beschmutzen?« Dem Druckereibesitzer war
das Vorpreschen seiner Frau sichtlich unangenehm, wenngleich er ihre Ansicht vermutlich teilte. Wir waren wichtige
Kunden, die er nicht vergraulen wollte.

»Können Sie sich vorstellen, wie es ist, ausgeschlossen
zu werden?«, schaltete sich die junge Deutsche ein.

»Ich bitte Sie, junge Frau, was heißt denn *ausgeschlossen*?
Die Schwarzen waren immer unter sich, die Landarbeiter,

die Cowboys, und all die anderen auch. Sie haben ihre eigenen Feste, sie gehören nicht zu uns. Stellen Sie sich mal vor, wie es im *Garten Verein* zuginge, wenn da Krethi und Plethi aus- und eingingen. Mord und Totschlag gäbe das!«

Im Brustton der Überzeugung redete Miller – als dessen Kundschaft diejenigen, die *nicht zu uns gehörten*, tatsächlich nicht galten, auf die Frau ein.

»Wenn jemand nicht zugehörig ist, ist er ausgeschlossen, das ist doch logisch«, widersprach die junge Deutsche mit erregter Stimme. Ihr Mann tätschelte beruhigend ihre Hand, doch sie fuhr fort: »Was haben die Leute denn verbrochen, dass Sie sich derart von ihrer Anwesenheit gestört fühlen?«

Ich schwankte zwischen dem Bedürfnis, mich in das Gespräch einzumischen und zu ignorieren, was sich da entwickelte. Mich interessierte, was die junge Deutsche bewog, sich für Leute einzusetzen, mit denen sie nichts zu tun hatte. War sie so naiv, zu glauben, jemand müsse etwas verbrochen haben, um seine Ausgrenzung zu legitimieren? Ich warf Helen einen vielsagenden Blick zu und spitzte weiter die Ohren.

»Ach Kindchen, lernen Sie erstmal die Gepflogenheiten hier kennen, seien Sie froh und dankbar, dass wir Sie in unserer Mitte aufgenommen haben und passen Sie sich an«, wies der Drucker die Frau zurecht.

Die andere, nur wenig ältere Deutsche war bemüht, die Wogen zu glätten, und wandte ein: »Nun, bei uns zu Hause saßen weder Hauspersonal noch die Arbeiter an unserem Tisch.«

»In meiner Familie gab es weder Hauspersonal noch andere Leute, die für uns arbeiteten. Seitdem wir uns nicht mehr auf die Bänke in unserem Park setzen, die Straßenbahn nicht mehr benutzen und Lokale nicht mehr betreten durften, weiß ich, wie es sich anfühlt, ausgeschlossen zu sein. Wir kamen hierher, um in Frieden und Freiheit zu leben. Nie hätte ich geglaubt, dass es hier, im Land der unbegrenzten Möglichkeiten, angesehenen Bürgern als Zumutung erscheint, mit Menschen anderer Hautfarbe und anderer sozialer Klassen zu einem Picknick im Garten eingeladen zu sein.«

Unversehens tauchte eine Gruppe mexikanischer Baumwollarbeiter auf, und die Gespräche kamen zum Erliegen. Mit einfachen, heimischen Instrumente gaben sie ihre Volkslieder zum Besten, sangen die melodiösen, eingängigen Strophen aus voller Kehle. Voller Inbrunst, schmetterten sie das *Cielito Lindo* »*Ay, ay, ay, ay, Canta y no llores*« in die Runde. *Singe, und weine nicht,* hieß es in der mexikanischen Volksweise. In dem Augenblick erkannte ich, dass dieses Lied ihr Mantra war, um die harte Arbeit in der sengenden Sonne zu überstehen. Noch bevor sie den Platz verließen, begann eine Gruppe Arbeiterfrauen, jiddisches Liedgut verhalten und fröhlich vorzutragen. Berauscht von der Musik und den fremdartigen Liedern, tänzelten schwarze Frauen und Männer auf die freie Fläche vor dem Buffet. Lauthals intonierten und improvisierten sie überlieferte Worksongs und wiegten ihre Körper im Takt.

Die Gäste lauschten ergriffen, wippten auf den Stühlen hin und her und applaudierten, bis der blaue Mantel der

Nacht sich über die entspannte Gesellschaft legte, und die Gäste das Fest verließen.

Zwei Jahre später war mein inneres Gleichgewicht noch immer recht anfällig. Obwohl sich Diego nicht mehr bei mir blicken ließ, löste allein mein Wissen um seine Anwesenheit ein seltsames Unbehagen bei mir aus. Täglich erinnerte mich Sammys Anblick daran, dass sein Großvater nur einen Steinwurf entfernt von uns wohnte – in einem der Fabrikarbeiterhäuser. Würde Sammy irgendwann seine Ähnlichkeit mit Diego auffallen? Zog Diego in Erwägung, dass er der Vater von Sammys Mutter sein könnte? Würde Sammy sich in ein paar Jahren mit der Tatsache zufriedengeben, dass sowohl sein Vater und dessen Vorfahren, als auch sein Großvater mütterlicherseits unbekannt waren? Schuldete ich ihm Antworten?

Und Diego: Vermutlich würde ihm niemand glauben, wenn er unsere vierzig Jahre zurückliegende Affäre ausplauderte, dennoch fürchtete ich mich davor, wie vor giftigen Skorpionen, die jederzeit aus ihren Verstecken herauskriechen und zubeißen konnten.

Deutschland hatte Amerika den Krieg erklärt, und Arthur hatte sich freiwillig zur Army gemeldet. Seine Anstellung bei der New Yorker Bank hatte er aufgegeben und sich bei der Familie in Austin niedergelassen. Seit er an meiner Geburtstagsfeier teilgenommen und engere Bande mit David und Esther geknüpft hatte, besuchte er uns des Öfteren und bemühte sich, uns die Lage in Deutschland zu erklären. Bar jeglicher Nachrichten von seinen Eltern, suchte er in mir eine Art Ersatzmama, jemanden, dem er seine inneren Nöte, seine Schuldgefühle wegen des frühen Todes seines Bruders und seine Entschlossenheit, gegen die Nazis zu kämpfen, anvertrauen konnte.

In Austin füllte Rebekka die Mutterrolle aus. So, wie sie es schon bei Samuels Söhnen und bei Marlene getan hatte, bekochte sie Arthur, pflegte seine Wäsche und wies die Hausmädchen an, seine Hemden und Hosen sorgfältig zu bügeln. Rebekkas und Samuels Politikverständnis reichte nicht aus, um die komplizierten, von Machtgier und Hass getriebenen Vorgänge in Europa zu erfassen. In Austin fand Arthur ein wenig Geborgenheit, der unverwüstliche Kitt der Mischpoche gab dem Heimatlosen Halt, aber Diskussionspartner gab es für ihn nur bei uns im Süden.

»Was soll ich mich in New York den ganzen Tag ins Büro setzen und Zahlenspiele betreiben, wenn hier unten mein Geld für mich arbeitet? Tante Rebekka kocht meine Lieblingsgerichte, sorgt besser für mich, als es meine Mutter je vermocht hat. Ich bleibe in Austin, bis mich die Army nach Europa schickt.«

David bereitete es Mühe, die Haltung seines Cousins nachzuvollziehen. Ich dankte Gott, dass er David mit dieser Sicherheit, das Richtige zu tun und seinen Weg zu gehen, gesegnet hatte. David haderte nicht, David zweifelte nicht. Arthur schien zu glauben, dass er alles, was ihm gut und teuer war, bereits verloren hatte. Mehr noch, als ich in jenen Tagen ahnen konnte, setzte er alles auf eine Karte. Von den kümmerlichen Überbleibseln seines Daseins wollte er noch ein wenig kosten, bevor er in Europa denjenigen gegenübertreten würde, die sein Leben zerstört hatten. Jeden einzelnen Nazi, jeden Denunzianten wollte er erbarmungslos ins Jenseits befördern, wie er mir gestand.

Rebekka schrieb mir verzweifelte Briefe. Sie sah ihr baldiges Ende nahen und beklagte die unhaltbaren Zustände im Austiner Haushalt. Die *deutschen Weiber*, wie sie die Müller-Mädchen bezeichnete, fügten sich nicht ein, ließen sich bedienen, ohne selbst auch nur einen Finger zu rühren. Sie weigerten sich, Englisch oder Jiddisch zu sprechen, sondern tuschelten auf Deutsch. Das Schlimmste aber sei die Schamlosigkeit, mit der sie Arthur umgarnten.

Unter dem Vorwand, Sammy müsste nun endlich eine Schule im zivilisierten Austin besuchen, auf das College vorbereitet werden und städtische Manieren – was auch immer sie darunter verstand – lernen, flehte sie mich an, zurückzukehren.

Nach Austin? Ins Haus meines grimmigen Bruders, der seit dem Tod seiner Frau noch boshafter war als zuvor? Niemals. Bei diesem Gedanken verkrampfte sich mein Körper und meine Hände ballten sich von selbst zu Fäusten, als stünde mir ein Kampf gegen die sieben biblischen Dämonen der Maria von Magdala bevor. Ich verfluchte Rebekka, die nicht müde wurde, mich unter Hinweis auf immer neue dramatische Entwicklungen nach Austin zu locken.

»Bobetschi, warum schaust du so mürrisch?« Sammy, der ein ausgeprägtes Gespür für Stimmungen besaß, sah mich mit heruntergezogenen Lippen an, als würde er gleich weinen.

»Rebekka möchte, dass wir zu ihr nach Austin ziehen, und ich finde, dass hier unser Zuhause ist. Ich möchte hierbleiben.«

Sammy schürzte die Lippen wie immer, wenn er nachdachte. Sein Verhalten hatte sich geändert, seitdem er die Schule besuchte. Früher hatte er immer munter drauflos geplappert und sein Herz auf den Lippen getragen. Esther hatte mich schon mehrfach darauf hingewiesen, dass ich dem Jungen mit erzieherischer Strenge begegnen müsse, er benehme sich respektlos gegenüber Erwachsenen. Der englische Lehrer hatte ihm unter Androhung von Strafe beigebracht, dass Kinder nur dann sprechen durften, wenn sie gefragt wurden. Das gelte auch und vor allem für ihn. Nun stand Sammy mit niedergeschlagenen Augen und gesenktem Kopf vor mir und wartete offenbar darauf, dass ich ihm das Wort erteilte.

Mit weicher Stimme ermutigte ich meinen Enkel, zu sprechen.

»Warum möchte Rebekka, dass wir zu ihr ziehen?«

»Sie ist sehr alt, vielleicht möchte sie mit all den Leuten im Haus nicht allein sein, vielleicht stirbt sie bald.«

»Dann müssen wir hin!« Im Brustton der Überzeugung äußerte Sammy seine Meinung. Der Achtjährige war frei von Vorurteilen und reinen Herzens und offenbarte, was er nicht nur trotz, sondern gerade wegen meiner fehlenden erzieherischen Strenge im Lauf seines kleinen Kinderlebens gelernt hatte: Wir waren für die anderen da, so, wie die anderen in der Siedlung für uns da waren.

Durfte ich in Anbetracht von Rebekkas Not tatsächlich auf meiner Auslegung von Freiheit beharren? Hatte ich nicht Rebekka schon einmal allein gelassen? War nicht mein ganzes Leben von egoistischem Freiheitsdrang bestimmt gewesen?

Mit einem ergänzenden, aus seiner Sicht schlagkräftigen Argument, unterbrach Sammy meine Überlegungen: »Bobeschi, wenn wir in Austin wohnten, muss ich nicht mehr in diese blöde Schule gehen.«

Ich lächelte und schüttelte bedauernd den Kopf. »In Austin würdest du auch zur Schule gehen müssen.«

Sammy zuckte ergeben mit den Schultern.

Meine vom Gewissen getragenen Überlegungen ließen sich nicht von der Hand weisen, und Sammys Argument war nicht zu entkräften. Vaters Worte auf dem Sterbebett waren nicht nur auf mich gemünzt, wie ich – der Einfachheit halber – bisher geglaubt hatte. In der Not dürfe niemand allein gelassen werden. Ich, seine verschwundene Tochter, war lediglich das Beispiel.

Am Abend ging ich hinüber zu David und Esther, und hoffte, im Gespräch mit den beiden, Klarheit zu gewinnen. David, der selbst Austin entflohen war, verstand meine Befürchtungen. Dass Rebekka bald sterben könnte, setzte ihm jedoch sehr zu. Rebekka bedeutete meinem Neffen immer noch viel. Der Tod seiner Mutter hatte ihn keine Träne gekostet, zur Beisetzung war er aus reiner Pflichterfüllung gefahren und noch am selben Tag hierher zurückgekehrt.

»Ich wäre dir sehr dankbar, wenn du Rebekka zur Seite stehen und ihr alle Unbill vom Leib halten würdest. Du bist dort nicht aus der Welt! Du brauchst nur fünf Stunden mit dem Auto, um wieder heimzukommen.«

Mein Neffe und mein kleiner Enkel redeten mir ins Gewissen. Die Laterna Magica in meinem Kopf ließ die Fehler, die ich in meinem Leben begangen hatte, vor meinem inneren Auge vorbeiziehen. Ich fragte mich, ob es sich ein Schalter fände, um dieses Gerät auszuschalten, wenn ich aufhören würde, zuerst an mich selbst zu denken.

Ich durfte Rebekka in ihren letzten Stunden nicht allein lassen. Dennoch hielt mich eine unsichtbare Macht hier auf der Plantage.

»Ich verstehe dich nicht, du denkst nur an dich, du fügst dich nicht ein und kommst nicht einmal familiären Verpflichtungen nach. Spürst du denn gar keine Blutsbande? Wolltest du dich unterordnen und hat dich deshalb kein Mann gewollt?«

David war keinen Widerstand gewohnt. Seine Mutter hatte zwar das Zepter in der Hand gehabt, allerdings pflegte sie im Hintergrund zu agieren, sodass die Familie ihre Launenhaftigkeit als Ausdruck der Überforderung interpretierte. *Eine ordentliche Frau tut, was der Mann will.* Wie alle jüdischen Jungen, war auch David mit diesem Spruch aufgewachsen. Die Fassungslosigkeit über meinen Egoismus hatte seine Zunge gelöst und diese respektlosen Äußerungen freigegeben.

Ach David, dachte ich, wenn du wüsstest, wie viele Männer mich gewollt haben. Ich schob Unwohlsein vor und beendete das Gespräch.

Trotz meiner übermächtigen Müdigkeit gelang es mir nicht, einzuschlafen. Ich drehte und wälzte mich, schwarze

Gedanken vernebelten mein Gehirn und ließen nicht locker. Im fremden Haushalt in Austin würde ich zugrunde gehen, mir würde die Luft zum Atmen fehlen. Nach Stunden des Wachens begann ich, Schäfchen zu zählen, und irgendwann, als ich bei 598 angekommen war, musste mich der Schlaf übermannt haben. Beim Aufwachen erinnerte ich mich sofort des Traums, in dem mich Ted besucht hatte.

»Erinnerst du dich, meine Liebste? Deine Chuzpe lässt dich im Stich, sobald jemand etwas von dir erwartet! Fortgehen oder bleiben, darum ging es doch dein Leben lang. Nun erlaubst du anderen, dir ins Gewissen zu reden, sodass du nur noch schwarz oder weiß siehst! Setze deinen Verstand ein, überlege, suche nach anderen Möglichkeiten!«

Ich streckte beide Arme aus, wollte Ted festhalten, ihn fragen, was ich tun soll. Aber seine Gestalt verblasste.

Am Morgen rüttelte Sammy mich: »Bobetschi aufstehen. Ich muss zur Schule.« Es war das erste Mal, dass ich verschlafen hatte, seit Sammy bei mir lebte.

Wortlos quälte ich mich aus dem Bett, setzte mich mit Sammy an den Frühstückstisch und hoffte, er würde mich nicht mit Fragen behelligen.

»Heute gehst du allein zur Schule, ich kann dich nicht begleiten.« Ich brauchte Zeit zum Nachdenken. Sofort!

»Bobetschi, du fährst doch nicht ohne mich fort?« Sammy war in der Lage, meine Gedanken zu lesen, bevor ich sie formuliert hatte.

Ich beruhigte meinen Enkel und versprach ihm, hier zu sein, wenn er nach Hause kam.

Die kleine, nach Osten gelegene Porch leuchtete in der Morgensonne, der so selten genutzte Korbsessel schien geradezu auf mich zu warten. Mit einem Glas Wein und einer Schachtel Papelitos – beides rührte ich seit Teds Tod nur zu besonderen Anlässen an – ließ ich mich nieder und schloss die Augen.

Den Verstand nutzen! Wie oft hatte mir Ted in all den Jahren diesen Fingerzeig gegeben? Bislang hatte ich seine Hinweise immer richtig zu deuten gewusst. Das sollte mir auch heute gelingen und mich zur richtigen Entscheidung führen. Solange es in mir brodelte und meine innere Kanalratte ihre messerscharfen Zähne fletschte, um das Band, das ich Freiheit nannte, zu verteidigen, blieb der Zugang zum Verstand verschlossen.

Ich sog die frische Morgenluft ein, spürte wie meine Lungen sich weiteten. Beim Ausatmen wich der Druck aus meinem Körper. Mein Blick konzentrierte sich auf ein fernes Nichts und ich glitt in einen Tagtraum.

Ted nahm meine Hand, führte mich zu meinem Wagen. Gemeinsam fuhren wir nach Austin. Rebekka empfing uns mit einem strahlenden Lächeln. »Jetzt kann ich loslassen und meine letzte Reise antreten«, flüsterte sie. Wir steckten ihr eine Papelito zu, die sie ungeachtet Samuels bissiger Kommentare anzündete, füllten ihre Lieblingstasse mit warmem Kakao und erzählten einander Anekdoten, die uns zum Lachen brachten. Ich strich über ihre knochige, venenüberzogene Hand, deren Haut sich wie Pergament anfühlte, und gestand, wie sehr ich sie vermisst hatte, nachdem ich unser Heimatdorf so überstürzt verlassen hatte. Rebekka zitterte ein wenig, ihr Teint war fast transparent. Ich schlug ein Tuch um ihre Schultern, streichelte ihr dünnes weißes Haar und spürte, wie ihr Atem flacher wurde und das Leben friedlich aus ihrem Körper wich. Ich wusch ihren Körper, zog ihr das Totenhemd an und Ted versammelte die Männer für das Kaddisch. Nachdem wir Rebekka zu ihrer letzten Ruhestätte auf dem jüdischen Friedhof der *Beth Israel Congregation* begleitet hatten, bestiegen wir unseren Wagen und fuhren nach Hause. Hierher, auf unsere Farm.

Das Trällern eines Rotkardinalpärchens im Pekannussbaum holte mich zurück in die Wirklichkeit. Als sei ich aus einem tiefen Schlaf erwacht, streckte ich meine Gliedmaßen aus, gähnte und rieb mir die Stirn.

Ich erhob mich, ging hinüber zu Esther und bat sie, Sammy für die Dauer meiner Reise nach Austin bei sich aufzunehmen.

Die Zeit drängte, ich spürte, dass Rebekkas Stunden gezählt waren.

Beim Mittagessen erzählte ich Sammy, dass er einige Tage bei Esther und David wohnen würde, bis ich von Austin zurückkäme.

Am nächsten Morgen machte ich mich auf den Weg.

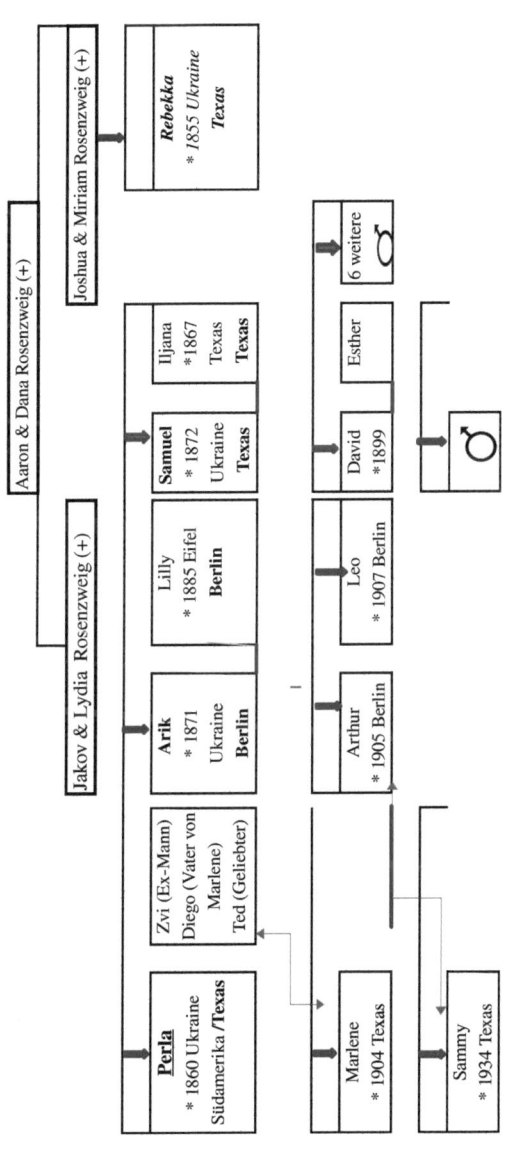

Glossar

Bobe, Bobetschi (Jiddisch) – Großmutter, Omi
Buenas noches (Spanisch) – Guten Abend
Challa, Challot (Hebräisch) – Schabbat-Brot, -Brote
Cielito lindo (Spanisch) – Schönes Himmelchen, im übertragenen Sinn: Schatz, Liebste; 1882 verfasstes mexikanisches Volkslied
Cotton Gin (Engl.) – Engreniermaschine, trennt Baumwollfasern von den Samenkapseln
Cotton Mill (Engl.) – Baumwollspinnerei und -weberei. Hier auch Firmenbezeichnung
Homestead Act (USA) – Heimstättengesetz (hier: zum Landerwerb)
Jeitinho (Brasil. Portugiesisch) – Spezifisch brasilianische Art, eine Lösung/einen Ausweg zu finden; hier im Sinne von Spende, Bakschisch
Latkes (Jiddisch) – Kartoffelpuffer
Mamme, Mametschi (Jiddisch) – Mama, Mami
Marshmallows (engl.) – Schaumzuckerware, ursprünglich aus Echtem Eibisch hergestellt
Novia (Spanisch) – Verlobte
Papelito (Spanisch) – selbst gedrehte Zigarette
Porch (Englisch) – Veranda
Schabbes (Jiddisch) – Sabbat
Schmock (Jiddisch) – Penis
Urning – veraltet für: homosexueller Mann
Worksong – Arbeiterlieder der Afroamerikaner, vor allem in USA auf den Baumwollfeldern gesungen.

Dank

Ich bedanke mich herzlich bei allen, die mich bei der Arbeit an diesem Roman unterstützt haben. Meiner Freundin Heidelis danke ich für das Obdach, das sie mir während meiner Aufenthalte in Texas gewährt hat, für zahlreiches Bildmaterial, für die Beantwortung meiner Fragen zu Texas und den USA. Sie hat mich ebenso wie meine Autorenkolleginnen Monika Detering, Bettina Klusemann und Anke Höhl-Kayser und meine Freundin Raggie immer wieder zum Weiterschreiben motiviert.

Jürgen Becker danke ich für seine Geduld und für den kritischen Blick auf mein Manuskript.

Ohne die Erfahrung mit meinem kleinen Enkel Leevi hätte ich Perlas Gefühle als Großmutter nicht so authentisch beschreiben können.

Für die harmonische Zusammenarbeit danke ich meinem Profi-Team, Anke Höhl-Kayser (Lektorat), Matthias Gerschwitz (Coverdesign) und Heinz W. Pahlke (Layout) von Herzen.

Weitere Bücher von Maryanne Becker

Klänge aus dem Schneckenhaus
Cochlea-Implantat-Träger erzählen
ISBN 9-783833-472497
Norderstedt 2008

Fräulein Engel (Roman)
ISBN 9-783867-120548
GEV Eupen (B) 2011
Die Odyssee einer Krankenschwester im
Nationalsozialismus

Fräulein Engel Schicksal einer Außenseiterin
Kindle edition (ebook-Version) Norderstedt 2017

Die Flickschneiderin (Roman)
ISBN 978-3-86712-068-5
GEV-Eupen (B) 2012
Eine dramatische Liebesgeschichte vor dem Hinter-
grund des wechselvollen Schicksals Ostbelgiens und der
nationalsozialistischen Gewaltherrschaft

Grenzlandfrau
Ein Frauenschicksal im belgisch-deutschen Grenzgebiet
ISBN 978-3739-233826
Norderstedt 2016 (3. Auflage)

Alle Bücher erhalten Sie in der Buchhandlung
Ihres Vertrauens, bei den Online-Anbietern und bei
der Autorin direkt.

Besuchen Sie die Autorin auf ihrer Website:
www.maryanne-becker.de